SOBRE A INFINIDADE DO AMOR

Tullia d'Aragona

SOBRE A INFINIDADE DO AMOR

Tradução
Karina Jannini
Revisão da tradução e prefácio
Alcir Pécora

Martins Fontes
São Paulo 2001

Título do original italiano: DELLA INFINITÁ DI AMORE.
Copyright © Éditions Rivages, 1997, para o aparelho crítico.
Copyright © 2001, Livraria Martins Fontes Editora Ltda.,
São Paulo, para a presente edição.

1ª edição
outubro de 2001

Tradução
KARINA JANNINI

Revisão da tradução
Alcir Pécora
Revisão gráfica
Ivany Picasso Batista
Sandra Regina de Souza
Produção gráfica
Geraldo Alves
Paginação/Fotolitos
Studio 3 Desenvolvimento Editorial

Dados Internacionais de Catalogação na Publicação (CIP)
(Câmara Brasileira do Livro, SP, Brasil)

Aragona, Tullia d', 1508-1556.
  Sobre a infinidade do amor / Tullia d'Aragona ; tradução Karina Jannini ; revisão da tradução e prefácio Alcir Pécora. – São Paulo : Martins Fontes, 2001. – (Breves encontros)

  Título original: Della infinitá di amore.
  ISBN 85-336-1470-5

  1. Amor – Obras anteriores a 1800 2. Aragona, Tullia d', 1508?-1556. Sobre a infinidade do amor – Crítica e interpretação I. Pécora, Alcir. II. Título. III. Série.

01-5148   CDD-850.9

Índices para catálogo sistemático:
1. Literatura italiana : História e crítica   850.9

Todos os direitos desta edição reservados à
Livraria Martins Fontes Editora Ltda.
Rua Conselheiro Ramalho, 330/340 01325-000 São Paulo SP Brasil
Tel. (11) 3241.3677 Fax (11) 3105.6867
e-mail: info@martinsfontes.com.br http://www.martinsfontes.com.br

Apresentação à edição brasileira

A COMÉDIA DO DIÁLOGO AMOROSO
ALCIR PÉCORA

"Mai la ignoranzia, che non as eleggere e rifiutare, non fu bontà;
e chi non as Che sai vizio, non può sapere Che sai virtù".

S. SPERONI, *Apologia Dei Dialogi*

Sobre a infinidade do amor, de 1547, atribuído a Tullia d'Aragona (Roma 1508?-1556), com a colaboração eventual de Benedetto Varchi, protagonista do diálogo, e Girolamo Muzio, de quem a presente edição traz em apêndice uma carta dirigida a Tullia, faz parte do extraordinário corpo de diálogos produzidos em vulgar, na *península* Itálica, no século XVI. O gênero se encontrava em alta, naturalmente devido ao prestígio entre os humanistas dos escritos platônicos, divulgados a partir sobretudo dos trabalhos de Marsilio Ficino, à frente da Academia Platônica, de Florença. No entanto, o modelo propriamente platônico do diálogo sofre uma série de desvios ou apropriações decisivas no interior desses textos humanistas que o emulam, de modo que ganha contornos por vezes bem diversos dele. Belo exemplo disso dá o diálogo de Tullia. Yves Hersant, cujo texto de introdução à edição francesa do diálogo é reproduzido nesta edição, menciona rapidamente uma dupla modificação da tradição dialógica, no século XVI: uma, que lhe acrescenta um aspecto lúdico e civil, próprio das artes de conversar (que vai relacionar com os célebres salões franceses do século seguinte); outra, que cruza o gênero do diálogo com o da comédia, produzindo um misto em que situações cômicas e reflexões filosóficas alimentam-se mutuamente em suas potencialidades. Para avançar o entendimento desse duplo aspecto, permito-me trazer à discussão um texto extraordinário que, vinte anos depois da confecção de *Sobre a infinidade do amor*, trata de elaborar uma verdadeira defesa do gênero dialógico ante a crescente censura sofrida por alguns deles, no limiar da Contra-Reforma. Trata-se de *Dalla apologia dei dialogi* (1574), de Sperone Speroni (Pádua, 1500-1588), que, de resto, num de seus mais célebres diálogos, o *Dell'amore*, traz Tullia como protagonista.

Para Speroni, o diálogo é um tipo de prosa que tem muito de poesia, e, mais especificamente, como disse, de comédia. Assim, ele comporta várias personagens, como pessoas em cena, nem todas boas, mas todas servindo a um bom fim. Antes de tentar esclarecer o tipo de finalidade boa em questão, o autor insiste em que as personagens de diálogo devem ser relativas a *tipos* existentes ou reconhecíveis na *cidade*, como servos maliciosos, enamorados sem juízo, parasitas, aduladores, jovens ou velhos de maus costumes e, naturalmente, cortesãs, cada uma delas falando segundo o que lhe parece ou o que é próprio de sua posição. Para Speroni, se falassem de outra maneira, e não segundo seu parecer, mesmo que vicioso, a personagem faria mal o seu ofício e o teatro desagradaria, sendo ineficaz em relação a seu fim virtuoso. Vale dizer, diálogos bem formados têm vários interlocutores, que argumentam de acordo com o costume e a vida que cada um deles representa (o que não permite que se conclua, por exemplo, que Platão fosse ignorante ou culpado das más coisas ditas por quaisquer dos interlocutores em seus diálogos).

Ajustando-se tais observações ao *Sobre a infinidade do amor*, que certamente foi objeto das reflexões de Speroni, deve-se ter em conta que a fala de Tullia, no diálogo, guarda correspondências imprescindíveis com a imagem da prática amorosa de uma cortesã, beneficiando-se disso o andamento do diálogo, seja para confirmá-las, nos casos em que os "lógicos" e "escolásticos" são repreendidos e levados a responder ao argumento da experiência, seja para suspendê-las ou dar-lhes novos significados, quando o desejo erótico é tomado como análogo de uma causa racional que não se esgota, contudo, na posse dos corpos. Em ambos os casos, pode-se aduzir uma outra decorrência da relação existente entre a hetaira e a autora: na matéria do diálogo, como na do teatro, o louvor ou a crítica do que é dito apenas podem ser pronunciados após o conhecimento do todo, e não apenas de uma das vozes envolvidas, o que sobretudo obriga *a aprender a paciência de escutar*. Já pelo lado da composição, a mesma observação deixa entender que um diálogo que chega depressa demais ao seu desfecho provavelmente fracassa, por falta de contradição ou de diversidade na escolha de pessoas da cidade introduzidas nele, uma vez que isso implica imediatamente em falta de alcance de suas conclusões.

Desse ponto de vista, Speroni propõe que o diálogo é semelhante à dialética e à retórica, artes ligadas ao provar e ao persuadir o verdadeiro e o falso de cada coisa; são ambas, como diz, sementes dos diálogos. Para compreender a forma de o diálogo atender a seu fim justo, desenvolve sobretudo a sua similitude com a retórica, entendida como artifício civil que sabe tratar igualmente as causas honestas e as que lhe são contrárias, isto é, o justo e o injusto, o útil e o prejudicial, o belo e o feio. Nesse aspecto, guarda semelhanças com outras artes que operam com contrários, como a medicina, que ensina o que cura e o que envenena, pois, embora o propósito seja curar, por vezes é necessário o conhecimento do veneno e a fabricação do antídoto. Também se assemelha à prática de ministrar a justiça em certos Estados, como o de Veneza, cujo promotor, ao zelar pelos costumes da cidade, exige um defensor para qualquer acusado.

Nesse desenvolvimento das artes por meio do conhecimento de contrários, Speroni encontra também outro dos propósitos inalienáveis do diálogo. Não se trata apenas de atender à parte da vida que é *vigília* ou *negócio*, isto é, relativa à profissão civil, mas também a uma outra parte necessária dela que é *sono* e *ócio*, isto é, repouso da fatiga e do tédio derivado da continuação ininterrupta dos negócios. Desse ponto de vista, o diálogo deve produzir-se como modo agradável de passar as horas que restam ao cabo dos negócios, como novidade agradável em meio ao contínuo trabalho, o que certamente retoma e reforça o modelo de diálogo produzido por Castiglione, no estupendo *O cortesão*, cuja última versão é de

1528. Aqui, a erudição nunca é suficiente, pois requer-se a propriedade de aplicá-la convenientemente numa situação de conversa amena e agradável, o que exclui todo pedantismo erudito ou pedagógico, em favor de certo desembaraço designado por Castiglione pelo conceito de *sprezzatura*, isto é, o domínio ou destreza que se mostra como facilidade no fazer, logo, como contrário à manifestação do esforço demasiado de neófitos nas artes ou assuntos tratados.

Speroni prevê dois modos principais de escrever diálogos. O primeiro é o que atribui a Aristóteles, feito à maneira da ciência e que visa ao ensino, sobretudo; cabe nele principalmente o uso de silogismos breves e agudos para tratar a matéria e, de modo geral, o seu autor age como um administrador cujo fim não é a diversão, mas a alimentação dos moradores e a conservação da casa. De outra maneira, pode-se dizer que a utilidade é o único prazer que deseja e que a sua maneira de contemplar e escrever é predominantemente áspera e severa. Obviamente, não é este o modelo emulado por Tullia, mas o do segundo modo. Neste, como descreve Speroni, o diálogo *caminha pelo jardim e pela vinha*, onde tudo pode deliciar pela variedade e novidade. É certamente o que Tullia busca, na cena de seu diálogo, ao fazer o filósofo deixar a cátedra ou os pares de profissão e dirigir-se à casa da cortesã, na qual se pode renunciar a tudo, menos à conversa amena e aos galanteios agudos.

Também neste modelo, o autor do diálogo silencia a própria voz e a preenche, quanto à matéria, com vários nomes, costumes e argumentos, em coisas altas e elegantes, ou, ao contrário, vis e baixas, o que, no caso de Tullia, obtém-se mediante o cruzamento do requinte humanista da matéria com as pilhérias e alusões afetadamente maldosas, seja ao seu modo de vida, seja aos amores dos filósofos citados.

No que toca aos modos de falar discutidos por Speroni, imitados de divisões antigas, os diálogos podem ser *lacônicos* (isto é, concisos, como os espartanos), *asiáticos* (amplificados e frondosos) ou *áticos* (sóbrios e elegantes); podem ainda ser *altivos*, *humildes*, *melancólicos*, *lacrimosos*, *alegres* e *engraçados*. O de Tullia, creio, produz um híbrido, por vezes abrupto e justaposto, de comicidade, sentenciosidade e demonstração lógica, que não é fácil classificar, mas que, por isso mesmo, adapta-se seguramente ao registro composto da representação cômica. Em quaisquer dos modos de falar, importa que o diálogo se componha como um *jardim aprazível* no qual as matérias e pessoas introduzidas são como *simples*, isto é, como ervas medicamentais, nem todas belas, boas ou saudáveis de um único modo. No entanto, juntá-las todas, que já por si são raras, num mesmo lugar, obtém efeito de *maravilha*; assim, para Speroni, a própria disposição com arte das personagens faz esperar que o seu autor possa distinguir com seu arbítrio (isto é, como *juízo* e *discrição*) as coisas mais altas e nobres. Vale dizer, são o engenho e o domínio da arte que, no diálogo, atestam primeiramente a qualidade ou o acerto do juízo.

Nesta direção, na defesa do diálogo feita por Speroni, um bom autor em tal gênero raramente dá uma sentença final na disputa, mas permanece entre duas possibilidades, de modo que cada um dos disputantes possa afirmar ter vencido. O êxito do diálogo é semelhante ao bom fim da comédia, que deve ser agradável ao leitor, sentindo-se participante até o fim, e não excluído, do jogo empreendido pelo autor. A intervenção de Lattanzio Benucci, que permanecera calado ao longo de todo o diálogo, atende talvez a esse propósito de um final suficientemente equívoco, após a etapa da demonstração vencida por Varchi, pois novamente delineiam-se possibilidades argumentativas não fechadas no interior das resoluções conduzidas pela personagem peripatética.

Pode-se especificar ainda mais a construção do gênero, se se atentar para os dois modos de argumentar nos diálogos, segundo a sistematização de Speroni. Há um *modo referido*, que ocorre quando o autor (como se fosse *seu próprio hóspede*) parece que conduz o diálogo e apresenta as diferentes falas ("fulano disse"; "sicrano responde", etc., à maneira de Xenofonte ou Cícero); nesse caso, assemelha-se mais ao épico, que ao cômico, com seleção apenas das falas nobres e notáveis, dignas dos melhores do que nós, nos termos aristotélicos. E há um *modo imitativo*, que usa argumentos alternados, não introduzidos, nem interrompidos pelo autor, à maneira da comédia ou, enfim, da representação dramática, em que as personagens aparecem como que falando por si mesmas (procedimento adotado por Platão, Luciano, Plutarco – e, também, por Tullia). Esse modo de argumentação, para Speroni, vale-se amplamente dos *privilégios da poesia* e diverte privadamente na leitura, da mesma maneira que a comédia na representação pública.

No que diz respeito à matéria amorosa, absoluta em Tullia, Speroni supõe que as suas *turbulências* não são indignas do diálogo, assim como não o são as personagens de servos, meretrizes, rufiões, parasitas, soldados ou pedagogos. Todas podem ser prazerosas e úteis na comédia, desde que suas palavras imitem convenientemente os seus costumes incômodos. Nessa perspectiva, o diálogo é como *pintura falante*, pois, desde que "tirados pelo natural", um tolo, um ímpio, um enamorado, um adulador, algum sofista arrogante, todos podem ser agradavelmente descritos com nomes e verbos, da mesma maneira que as cores o fazem na pintura. Quer dizer, é tão lícito tratar de qualquer matéria entre as personagens do diálogo, quanto ao poeta e ao pintor representá-la. Nada disso muda nos diálogos cristãos; também aí deve haver *decoro* na representação das pessoas boas e más que se encontram juntas, *em parlamento*; contanto que haja busca de santa doutrina, nada obsta a que, ao longo da argumentação, haja igualmente injúria, desde que decorosa em relação à personagem portadora de vícios. Para Speroni, não é distinto o modelo oferecido pelas Escrituras, pois as palavras de Deus não dialogam apenas consigo mesmo, mas com aqueles que se querem seus amigos e também com seus inimigos declarados, sendo que, em cada caso, fala-se sempre segundo a própria condição e não todos santamente.

Em outros aspectos ainda, Speroni repõe a semelhança do diálogo com a comédia. Se, nesta, agrada sobremaneira o engano feito ao enganador (ao ciumento, ao avaro, à meretriz, ao velho enamorado), a conversa ambígua, a ironia, a astúcia mascarada de tolice, assim também, no diálogo, conta pontos o espírito gracioso, a abundância de coisas novas ou renovadas nos conceitos e palavras. Tal é o caso, para ele, do Sócrates, de Platão, afirmando nada saber ou comparando-se a uma parteira (na maiêutica, que faz parir o conhecimento que não sabia ter); ou o mesmo Sócrates, de Xenofonte, quando se iguala a um rufião, como intermediário do desejo; ou, quando ironiza os sofistas, fazendo crer que os honra; ou ainda, quando revela a grandeza de seu ânimo, ao escolher a morte injusta, da qual, se quisesse, poderia fugir.

Diversamente do método descrito como aristotélico e científico, no qual a verdade é expressamente formulada, no modelo de diálogo efetuado por Tullia e defendido por Speroni, ela é *imitada* pela *disputa* das pessoas introduzidas nele. Mais uma vez, como na comédia, o que se introduz não são verdadeiras meretrizes, rufiões, enamorados, mas mascarados que parecem ou fingem artisticamente sê-lo (nos diálogos de Platão, quem fala não é Górgias, Alcebíades ou Sócrates, mas Platão fingindo o modo com que falam essas pessoas). A situação é admiravelmente complexa se se tiver em mente que, em *Sobre a infinidade do amor*, o interesse das questões depende, em larga medida, de se compreender que Tullia é, ao mesmo tempo, autora e hetaira, cujos argumentos, por isso mesmo, recebem imediatamente a autoridade da experiência de uma intensa prática amorosa, que em tudo parece diversa da fantasia lógica ou filosófica do assunto. Mas é também enquanto autora do diálogo que seus argumentos de experiência são testados enquanto razão e possibilidade de conciliação entre as duas vias.

A doutrina que se pode aprender do diálogo não é, pois, ciência demonstrativa, uma vez que não supõe cognição certa e invariável, como resultado de silogismos demonstrativos, que dizem respeito a coisas sabidas e manifestas, como as naturais. Para Speroni, tudo o que se pode dizer do diálogo é que é *retrato de ciência*, imitação dialética prazerosa da verdade provável ou verossímil. Mais especificamente, propõe três grupos de coisas imitadas, dos quais apenas o segundo resulta com sucesso em diálogo. O primeiro é o das *coisas naturais*, que podem ser descritas pelo silogismo demonstrativo de Aristóteles, e que, esta apenas, faz jus ao nome de método científico. O segundo é o grupo das *coisas da vida civil*, sobre as quais se pode ter opinião provável e estas, sim, podem ser tratadas pelo diálogo ou, o que vem a dar no mesmo aqui, pelo argumento dialético, cujo modelo é desenvolvido, na Antiguidade, por Platão e Xenofonte. O último grupo é igualmente das coisas civis, mas não dizem respeito ao diálogo, pois são tratadas por *provas* que *persua-*

dem o ouvinte ou leitor, à maneira de Cícero, quando compõe uma *oração* longa ou continuada, em registro exortatório e solene.

Outro aspecto importante levantado por Speroni, manifesto em *Sobre a infinidade do amor*, é o que prevê que pessoas ignorantes ou que afetam ignorância, quando introduzidas num diálogo, tendem a agradar mais do que as doutas e não são menos úteis do que elas. A rigor, nessa perspectiva, tampouco o autor precisa ser especialmente douto, embora seja imprescindível que possua suficiente *engenho* ou faculdade poética para compor bem as personagens introduzidas nele. Em termos mais precisos, o engenho da composição dialógica traduz-se na produção de um *decoro indecoroso*, segundo a fórmula aguda de Speroni. Isso significa que, no diálogo, uma personagem ignorante pode ser muito agradável na imitação dos argumentos, tanto pelo contraste produzido com todos os outros, que ficam mais bem delimitados ou definidos, quanto pela utilidade na *invenção da verdade*, pois o ignorante é imagem verossímil do homem cujo intelecto e desejo instintivo de saber, nos termos do platonismo catolicizado em questão aqui, está preso à fraqueza de sua condição, necessitando buscar auxílio na *companhia* dos outros, que são também seus próximos.

Em relação ao grupo ou companhia, Speroni compreende-o como sendo de duas maneiras. A primeira é aquela suposta no magistério aristotélico, com alunos que acatam os argumentos daquele que é indisputadamente mais sábio; a segunda é a usada no diálogo, que é civil e deleitável, com as pessoas imitando não o ensino de um sábio apenas, mas a contenda que se estabelece entre elas. Aqui, a iluminação do saber produz-se como no movimento da peça de aço (o fuzil) que bate na pedra para obter fogo: contraste e contrariedade são necessariamente exigidos para o êxito da operação. Como no magistério, tal saber demanda estudo, mas exige também engenho, jogo arguto, aplicação de ornatos belos e distintos. No cerne dessa capacidade, é especialmente importante a capacidade de composição do lugar da *ignorância*, seja a das personagens, seja a do autor. Quanto a esta última, o principal modelo a imitar-se é, ainda uma vez, Platão, que atribuía os seus diálogos a Sócrates. No caso do *Sobre a infinidade do amor*, está claro que Tullia afeta ignorância relativa em favor do saber de Varchi.

Por todas essas características, ao avançar do século XVI, o diálogo é definido seguramente menos como ciência, do que como poesia, e demanda o mesmo tipo de *furor celestial* descrito exemplarmente no *Íon*, de Platão. Espera-se, assim, que a sua escrita seja arguta porque, se *pinta* ou compõe discursivamente, não *encarna* dramaticamente o que escreve (como faz a comédia pura), nem descreve logicamente a essência (como faz a ciência pura). Tudo o que pode fazer, numa bela imagem de Speroni, é ir *em torno, bailando,* como uma criança que salta e dança sem ainda saber andar. Assim, o vaguear (*vaneggiare*) do diálogo, sem apressar a verdade, não é caminho ímpio ou desonesto, como não são más as núpcias de Canaã, ao qual Cristo comparece e que têm vários convidados, entretidos em bailes e cantos.

Speroni também propõe para o diálogo que imagina ser o mais apto uma outra imagem que parece caber como uma luva para o *Sobre a infinidade do amor*: trata-se, diz ele, de um *agradável labirinto*, que, no caso de tomar a matéria amorosa, não deve ser confundido com a experiência de amar, mas sim com a de compor argumentos a respeito dos enamorados, de modo que os imite *sem afeto* pela palavra. Um diálogo de amor pode ser visto como um *espelho de namorados*, no qual as palavras eventualmente hiperbólicas não são defeito, mas perfeição, já que o *decoro* das personagens exige que falem dessa maneira. Assim, a prosa amorosa não é obra de enamorado, mas pintura ou comédia que argumenta sobre a verdade do amor. Mesmo a representação do amor carnal, quando ocorre nos diálogos, não deve ser entendida literalmente como viciosa, pois tem função semelhante às narrativas da tentação do demônio sobre os santos.

Pelo que fica dito, está claro que a finalidade do diálogo, na perspectiva do humanismo esboçado nos escritos dialógicos de Tullia e de Speroni, é, em primeiro lugar, o ensino da temperança na vida civil. Entretanto, pela via do diálogo, tal virtude não se ministra pelo emprego de silogismos lógicos ou assertivas cabalmente demonstradas, mas pelo exercício raciocinado das tribulações e disputas dos homens, cuja verdade não se atinge sem fadigas. Daí Speroni propor que, nos diálogos, maior é o proveito que se tira dos espinhos que das rosas. No caso de Tullia, os espinhos, vale dizer, os desencontros, equívocos, distorções, excertos, desentendidos e desconfianças chegam a fazer esquecer, em vários momentos, o tema em debate: o gosto da disputa, o negaceio e a esquivança intelectual, a contradição pura parecem valer por si como gesto de inteligência e de galantaria. Tal procedimento, que está também presente como verdadeira condição de participação das personagens no supremo modelo do diálogo moderno, *O cortesão*, de Castiglione, parece identificar nas diferenças manifestas das posições a aplicação da *tópica* do arbítrio, que apenas admite bondade quando há escolha, de tal modo que um saber que não refuta ou elege não pode ser real. A conseqüência aristotélico-católica a retirar de tais premissas prováveis é que, sem o espinho da disputa, simplesmente o diálogo não purga. Tal é, pois, o *privilégio* deste gênero a um só tempo argumentativo e cômico: fazer homens e mulheres, de vários graus e costumes, falar com verossimilhança, de todas as matérias, disputando entre si em estilos distintos, para recreação dos negócios e elevação prazerosa do espírito.

A sedutora e o filósofo
por Yves Hersant

Da sedutora, enigmática, tão esquecida Tullia (1508-1556), suposta filha do cardeal Luís de Aragão e de uma cortesã romana, críticos e prefaciadores (não conheço nenhuma prefaciadora) sempre começam por lembrar que ela exercia a mesma profissão da mãe. Gostaria de ser uma exceção. Pois descrever Tullia como hetaira é prestar-se ao jogo escabroso de que os biógrafos tanto gostam; é também alimentar o antigo mito, caro aos burgueses do século passado, das prostitutas magníficas, cuja época áurea seria o Renascimento. O caso de Tullia é exemplar: por muito tempo, aos próprios olhos de seus editores, a mulher galante esteve à frente da escritora. Uns, com uma complacência bastante suspeita, desfiam a lista de seus amores, sem se preocupar muito com suas obras; sorrateiramente, outros sugerem que não foi ela quem as escreveu ou que não é sua única autora[1]. Ao estudo de seu *Meschino* ou de suas *Rimas* petrarquisantes, todos preferem evocar o comércio que ela fez do próprio corpo: em Roma, até 1531, depois em Veneza – onde a *Tariffa delle puttane*, atribuída a um amigo de Aretino, coloca-a apenas em oitavo lugar; em 1537, em Ferrara, onde sua reputação de letrada começou a se afirmar; em seguida, em Siena e Florença, onde foi processada por se recusar a vestir o véu amarelo (sinal distintivo de sua profissão). Foi em 1547, o mesmo ano do diálogo *Sobre a infinidade do amor*; Cosme de Medici a perdoou, sensí-

1. A atribuição a Tullia do diálogo *Sobre a infinidade do amor* foi contestada por A. Andreoli em *Intorno alla paternità di un dialogo del secolo decimosesto*, Pavia, 1904; e, de maneira mais branda, por G. Zonta, nos *Tratatti d'amore del Cinquecento*, Bari, 1912, pp. 360-2. Não foi possível consultar a obra (não disponível na França) de W. E. Armytage, *Tullia d'Aragona, a Poetess of the Later Renaissance*, Londres, 1900.

vel ao talento da *poetessa* ou, o que é mais provável, aos argumentos dos humanistas[2]. Esplendores e misérias...

No entanto, é necessário admitir que a hetaira e a escritora são indissociáveis em Tullia; é impossível deixar à sombra o *status* social de tal autora e sua *experiência* profissional. Seria ignorar, antes de tudo, que na Itália do Renascimento as cortesãs mais "honestas" – da romana Impéria à veneziana Verônica – desempenharam um papel importante, tanto cultural quanto econômico: com graça e elegância, apesar da desaprovação de Aretino, combateram o pedantismo; anfitriãs letradas e afáveis, "boas conhecedoras e declamadoras de Petrarca e dos poetas da moda", animaram os primeiros salões e aprimoraram a arte de conversar; emancipadoras paradoxais, é

---

2. Vide G. Masson, *Courtesans of the Italian Renaissance*, Londres, 1975, pp. 119-20; e P. Larivaille, *La vie quotidienne des courtisanes en Italie au temps de la Renaissance (Rome et Venise, XVe et XVIe siècles)*, Paris, Hachette, 1975.

graças a elas que "a mulher ocupa, como heroína, porém mais ainda como autora, um lugar sem precedentes na literatura mundial"[3]. Por outro lado, a própria Tullia assume plenamente sua galanteria. Tanto no *Dialogo d'amore*, de Speroni, em que aparece como personagem (mas sua atuação é passiva: ela não passa de uma mulher a ser instruída), quanto no presente opúsculo (em que se torna a figura condutora e realmente educadora), toda ocasião lhe parece oportuna para repetir "que mulher ela é". Pois suas especulações sobre o amor são inseparáveis de sua prática; uma experiência erótica alimenta, de fato, sua escritura. Daí, uma situação bastante instigante no diálogo que leremos: uma amante pouco platônica trata do amor platônico; e é justamente a uma peripatética em exercício que a crítica de Aristóteles se vê confiada.

Hoje é surpreendente a idéia de que uma cortesã, enquanto tal, desfrute de uma dignidade fi-

---

3. Citações extraídas de P. Larivaille, *op. cit.*, p. 201.

losófica, mas era comum no século XVI (e se encontrava tão difundida que Aretino teve de combatê-la: como em seu *Filósofo*, em que não passa despercebido o fato de uma certa Tullia entrar em cena). Exemplos: um personagem de Speroni, no diálogo já mencionado, chega a comparar a hetaira ao próprio Sol. Como o astro caro aos humanistas, que com uma "invariável variedade" distribui seus esplendores a todo o mundo, ela não propõe, à sua maneira, o problema do único e do múltiplo? E num *Discurso* dos mais curiosos, escrito à "glória das cortesãs", Broccardo vai além: de acordo com esse exaltado, as mulheres fáceis se dão aos homens como Deus se oferece às criaturas, de maneira que a mais antiga profissão do mundo abre as portas ao divino. Nenhum traço, em Tullia, dessa ênfase bem masculina; mas o fato é que a sedutora assume um papel filosófico, com tanto mais sutileza por não o reivindicar de modo algum. A esperta simula ignorância, como um Sócrates de saia. Mais ainda: ela se exprime como mulher que tem experiência no amor, mas não conhece seus grandes segredos. É na distância assim marcada entre experiência e conhecimento, entre experiência e razão, que se situa todo o seu diálogo; seu sábio parceiro, êmulo de Aristóteles e Platão, Tullia o contesta ou desafia, usando a inteligência bem feminina de uma praticante do amor[4]. Uma exigência de realismo é o que ela opõe discretamente à certeza das coisas conhecidas, à segurança sempre muito masculina dos teóricos do erotismo, bem como ao belo e nobre idílio caro aos homens do Renascimento. E sem peso didático, à sua maneira livre e desembaraçada, faz um trabalho educativo: pois, se é verdade, como já observava Aristóteles, que o raciocínio por si só jamais nos ensina alguma coisa[5], e

---

4. A respeito da diferença entre conhecimento e experiência, vide o primeiro capítulo do belo livro de Giorgio Agamben: *Enfance et histoire. Essai sur la destruction de l'expérience*, trad. fr. Paris, Payot, 1989.

5. Remeto a *Segundos analíticos*, 71a: "Todo ensinamento dado ou recebido pela via do raciocínio vem de um conheci-

se se comprova, por outro lado, que a experiência não se pode transmitir, pelo menos a tensão entre ambos faz jorrar um pouco de luz.

Diálogo, conversa, comédia

Já na abertura do debate – que muitas vezes se transforma em flerte –, Tullia censura o filósofo por este contar muito com a "lógica". Os lógicos, ela ironiza, "embaralham" nosso cérebro; parecem esses ciganos que "enrolam os passantes". O que se exprime nessas brincadeiras seria o ilogismo atribuído às mulheres? Ou, pior ainda, a renúncia a todo tipo de rigor no discurso? Evidentemente, nem uma coisa nem outra. Seu pretenso desprezo pela lógica marca a exigência de uma lógica diferente; ela não é menos metódica do

mento anterior. Isso é evidente, seja qual for o ensinamento considerado." De forma que corremos o risco de não aprender nada ou de aprender o que já sabemos.

que os lógicos de que escarnece, porém seu método é diferente. Para ela, como para a maioria dos humanistas, a qualidade dos argumentos excede o rigor dos silogismos, e não se pode argumentar fora de um contexto dialógico. Como o amor, sugere ela, todo raciocínio se faz a dois; é dialeticamente que buscamos a verdade, e dialeticamente que a difundimos. Primazia do diálogo, rejeição da escolástica, aristotelismo renovado (e aliado ao platonismo): em nenhum desses três pontos Tullia se afasta da grande tendência do Renascimento. Mas ela se orienta, como veremos, num sentido particular.

O gênero de diálogo erudito, em latim *sermo doctus*, tem antecedentes longínquos. Cícero, mais do que Platão; e sobretudo, na antiguidade tardia, Macróbio e Aulo Gélio, Ateneu e Luciano. Em meados do século XVI, quando Tullia começa a escrever, esse diálogo engloba diversas formas – o leitor me agradecerá por não nomeá-las. Sublinharei no máximo uma dupla evolução.

Em primeiro lugar, é necessário lembrar um fenômeno de grande amplitude: no meio refinado das cortes, sob a autoridade cada vez maior das mulheres, desenvolve-se uma arte de conversar que a retórica greco-latina curiosamente não cultivara. Adotado por "mundanos", transformado em conversação, o diálogo se faz lúdico sem deixar de ser erudito; e, ao repudiar a língua latina, enobrece a língua vulgar. Da *Politia litteraria*, de Angelo Decembrio (escrita em 1440), a *La civil conversazione*, de Guazzo (1576), passando por Castiglione e seu célebre *Cortegiano* (1525), é fácil observar tanto o progresso das boas maneiras quanto aquele da "naturalidade", com o desenvolvimento de regras de comportamento que os familiares da *Chambre bleue* codificarão no século seguinte. De fato, entre a cortesã Tullia e a marquesa de Rambouillet – a Arthénice "incomparável", cujas origens são italianas – há mais continuidade do que diferença real: a "honestidade" da cortesã prefigura a do homem honesto. Nos aposentos da hetaira, que em meio a um círculo de amigos recebe um humanista prestigioso, a atmosfera que se respira já é a dos salões. Certamente o tom é mais livre, as brincadeiras mais familiares – estamos na Toscana e no Renascimento –, porém a civilidade tem força de lei e impõe um código mundano. Impõe-se também a *sprezzatura*, regra superior dos cortesãos, que a cortesã, de certo modo, passa a adotar: com graça e indolência, flores delicadas de um pensamento que dissimula o esforço que ela custa, trata-se de filosofar sem parecer laborioso. É "justamente no ápice da cultura"[6] que a naturalidade aflora.

6. A fórmula é extraída de um artigo de Marc Fumaroli: "Otium, convivium, sermo", em *Rhetorica. A Journal of the History of Rhetoric*, vol. XI, nº 4, outono de 1993, p. 441; vide também Benedetta Craveri, "La conversation", em *L'esprit de l'Europe*, sob a direção de Antoine Compagnon e Jacques Seebacher, Paris, Flammarion, tomo III. Quanto à teoria do diálogo no século XVI, é preciso destacar, por outro lado, o prefácio de Nuccio Ordine à Torquato Tasso, *Discours sur le dialogue*, Paris, Belles Lettres, 1992.

Mas outro meio de evitar a influência dos doutos e o peso acadêmico se apresenta a Tullia: ela não se contenta em conversar, também representa uma comédia. Idéia audaciosa a de aliar ao gênero cômico a reflexão filosófica. Em outros tempos, Luciano a lançara, depois Speroni a retomara e a modificara. A cortesã dá continuidade ao projeto, que é "imitar bem mais as opiniões do que as ações". Desse modo, os interlocutores que coloca em cena tornam-se personagens, cada um deles dotado de um estilo próprio que define seu caráter: vivo na anfitriã, sentencioso no filósofo, e um pouco servil em Benucci. Um tema único, uma vasta questão ("amar pode ter fim?") é o pivô desta comédia; os vários significados da palavra *fim* conduzem a um qüiproquó na verdade bastante sutil; e a progressão dramática é assegurada engenhosamente. No plano psicológico, pela distância sempre variável entre o que os personagens dizem a respeito do amor e seus verdadeiros sentimentos. No plano filosófico, por inversões de situação, pelos pequenos lances teatrais – como aquele que observamos entre o primeiro e o segundo dos três "atos" dessa peça: conseguindo, não sem dificuldade, formular uma conclusão (o amor é infinito em potência, e os amantes experimentam desejos sempre novos), subitamente Varchi muda de opinião, sem repudiar seu Aristóteles, para adotar uma tese inversa (ou que o parece à primeira vista: uma vez atingidos "seus objetivos", os amantes deixam de amar). Se a Tullia falta rigor, pelo menos ela demonstra uma agilidade extraordinária – até a última pirueta, que garante um final aberto.

De um amor, o outro

Está longe de ser verdade que no Renascimento o amor sempre foi apreciado. Vários médicos, por exemplo, viam nele apenas um mal dissimulado, um desequilíbrio dos humores, uma variedade de melancolia. Outros autores, como Platina ou Fregoso, desprezam-no virilmente e denunciam todos os seus danos. É o neoplatonismo do *Quattrocento*, corrente de pensamento bastante tardia – com Marsílio Ficino como principal mentor –, que restitui ao amor sua dignidade e uma dimensão mais espiritual. Assim, o vínculo entre Platão e os poetas (Cavalcanti, Dante e Petrarca) pode se restabelecer; conseqüentemente, multiplicam-se as obras, tanto em latim quanto em língua vulgar, em que o erotismo é, ao mesmo tempo, exaltado e passado pelo crivo. Quem tem mais nobreza: o amante ou o amado? Podemos chamar de amor o amor homossexual? Onde situar o ciúme na escala dos sentimentos? Inúmeras e lancinantes, dolorosas e complicadas, tais questões são o deleite dos casuístas do século XVI; o próprio Varchi, em suas *Lezzioni*, trata de algumas dezenas delas.

Se Tullia segue essa tradição, sem deixar de saudar Ficino, ela marca, porém, sua diferença; com sua malícia feminina, seu gosto pela comédia e seu domínio da palavra viva, destaca-se facilmente no grupo dos *trattatisti*. De Bembo, de quem cita os *Asolani* (1505), Tullia evita o estilo afetado e a eloqüência ciceroniana. De Mario Equicola, o enciclopedista do amor, ela não tem a vasta cultura; nem a profundidade especulativa do grande Leão, o Hebreu, que elogia como sendo o melhor. Sua contribuição é mais modesta, mas seu procedimento, mais sedutor; como petrarquista e como mundana, sabe dar elegância a cada um de seus argumentos. Não que estes permaneçam fúteis: a questão do infinito, obsessão de sua época (e que em Bruno torna-se crucial), é no mínimo vertiginosa; e, ao se declarar contra Aristóteles ou interrogar o platonismo, Tullia não escolhe o caminho fácil. Porém, com graça e jovialidade, confere ao estilo filosófico o mais prazeroso dos contrapontos – do mesmo modo que, com seu estilo popular, suas brincadeiras e seus provérbios, transgride o código cortês. *Sobre a infinidade do amor* é, ao mesmo tempo, uma conversa regrada, que tende para a busca da verdade, e uma troca de argumentos jocosos, alegrados por freqüentes interrupções: em duas palavras, um *jogo sério*.

Última observação: se esse jogo tanto nos encanta, é porque é conduzido por uma sedutora.

Em sua "ritmicidade lúdica", em sua alternância contínua, segundo a expressão de Georg Simmel, a coqueteria diz sim e não, aceita e recusa; misturando fuga e possessão, ela revela a "concomitância do 'ter' e do 'não ter'" como a base do erotismo. Segue-se um intercâmbio ininterrupto, digamos até um "infinito", que Varchi não previa. Tullia o sugere a cada página, provocando seu filósofo – que repentinamente torna-se sedutor, enquanto ela mesma atinge o *status* filosófico; com suas provocações e esquivas, ilustra um amor *diferente*. Não aquele do platonismo, voltado para uma idéia atemporal muito além do indivíduo; mas aquele que se instaura entre dois seres como mediação paradoxal. Se "modernidade", no amor, é entender "que no outro existe algo impossível de conquistar, um absoluto do eu individual"[7], é entre os vários amantes modernos que devemos incluir Tullia.

7. Vide o artigo de Georg Simmel, "Psychologie de la coquetterie", em *Philosophie de l'amour*, Paris, Rivages, 1988.

Nota à presente edição

A presente tradução foi feita a partir do texto *Dialogo della signora Tullia d'Aragona – Della infinità di amore,* contido nos *Trattati d'amore de Cinquecento,* organizado por Giuseppe Zonta e publicado pela Editora Bari Gius. Laterza & Figli, em 1912. O prefácio e as notas baseiam-se no textos preparados por Yves Hersant para a tradução francesa do mesmo diálogo, publicado pela Éditions Payot e Rivages, em 1997.

Diálogo
da senhora Tullia d'Aragona
Sobre a infinidade do amor

A edição original do *Dialogo della signora Tullia d'Aragona della infinità di amore* data de Veneza, 1547. A presente tradução baseia-se no texto proposto pelos *Tratatti d'amore del Cinquecento*, de Giuseppe Zonta (org.), Bari, Laterza, 1912 (retomado em 1980 com algumas modificações e uma nova introdução feitas por Mario Pozzi para a mesma editora).

Interlocutores:
*Tullia, Benedetto Varchi[1] e o senhor
Lattanzio Benucci[2].*

TULLIA. Ninguém além de vós, tão virtuoso senhor Benedetto, poderia chegar em momento tão oportuno; ninguém mais agradável nem mais esperado por todos nós.

1. Erudito, poeta e filósofo, Benedetto Varchi (1503-1565) foi de grande importância cultural em Florença. No debate sobre as línguas, seu *Ercolano* (publicação póstuma, 1570) defendeu o toscano falado e literário; no debate sobre as artes, Varchi tornou-se célebre por uma pesquisa feita junto com os principais artistas e humanistas de seu tempo; deve-se a ele também a *Storia fiorentina*, uma notável "lição sobre a Natureza" (*Opere*, Trieste, 1859, II, pp. 648-60) e vários pequenos tratados de casuística amorosa, entre os quais, *Sopra sette dubbi d'amore* e *Sopra alcune questioni d'amore*. Sobre este aristotélico muito próximo do platonismo, pode-se con-

VARCHI. Muito me agrada que seja como dizeis, tão nobre senhora Tullia. Tanto que eu temia ter talvez, se não prejudicado totalmente, ao menos interrompido em parte vossas conversas, as quais sei que são necessariamente belas e sobre coisas elevadas; dignas, pois, tanto deste local, onde o assunto proposto para debate é sem-

sultar V. Pirotti, "Benedetto Varchi e l'aristotelismo des Rinascimento", *Convivium*, XXXI, 1963, pp. 280-311; P. O. Kristeller, "Francesco da Diacceto and Florentine Platonism in the Sixteenth Century", em *Studies in Renaissance Thought and Letters*, Roma, 1969; e as páginas que E. Garin lhe consagra em *Umanisti Artisti Scienzati*, Roma, Editori Riuniti, 1989. Segundo diversos críticos, Varchi não é apenas o interlocutor de Tullia no diálogo *Sobre a infinidade do amor*, ele teria também contribuído com sua redação.

2. Admirador de Tullia em Siena, Lattanzio Benucci escreveu, muito depois dela, um texto sobre o amor: o *Dialogo della lontananza*, que data de 1563 e permaneceu inédito. Nele, a questão discutida é "se o amor é mais forte quando está perto ou longe".

pre não menos útil e profundo que agradável e prazeroso, quanto de tais pessoas. Pois quase me arrependia comigo mesmo de ter vindo e justamente me dizia: "Ai de mim! O amor me transporta para onde não quero ir, pois temo ser, não digo presunçoso, mas desagradável a quem desejo agradar acima de tudo." Não sendo assim, devo tanto ficar ainda mais feliz comigo mesmo, quanto agradecer pela vossa tão grande cortesia e também a destes outros senhores e nobres gentis-homens, com a permissão dos quais me sentarei. Contanto, porém, que continueis com as argumentações já iniciadas, se porventura são tais que não me reputeis indigno delas.

TULLIA. Ao contrário, não menos por esta que por outras razões vos desejávamos tanto. Porém, de minha parte, antes temo que vos pareça incômodo e que por isso vos arrependais de ter vindo, principalmente tocando a mim a fala, pelas razões que entendereis. Pois, além de ser mulher (que vós, não sei por quais razões filosóficas, reputais menos dignas e menos perfeitas que os homens³), não possuo, como bem sabeis, nem conhecimento das coisas, nem ornamentos das palavras.

VARCHI. Não creio, gentilíssima senhora Tullia, que me tendes por Cimone⁴ e, portanto, rude e pouco conhecedor das coisas do mundo e da na-

3. Reputando Varchi mais aristotélico do que platônico, Tullia implica com ele por sua suposta misoginia. A tradição misógina derivada de Aristóteles baseou-se sobretudo na *Geração dos animais* (767 b, 775 a), na *História dos animais* (608 b), na *Política* (1260 a) e inclusive no tratado *Da alma* (430 a: "De fato, o agente é sempre superior ao paciente, e o princípio, à matéria").

4. Personagem do *Decamerão* (V, 1): "Apesar dos esforços de seu preceptor, apesar da indulgência ou das correções paternas, apesar do que se podia ter tentado de outro modo, ele nunca conseguiu aprender uma letra, nem receber uma aparência de educação; sua voz continuava informe e rouca, e suas maneiras pareciam mais as de um animal do que as de um homem. Embora seu verdadeiro nome fosse Galeso, todos, por zombaria, chamavam-no de Cimone que, na língua

tureza, que ignore, não digo em tudo, mas em parte, o quanto as mulheres puderam, podem e poderão sempre em face dos homens, seja com as virtudes de seu espírito, seja, principalmente, com a beleza de seu corpo[5]; digo isso ainda que

da cidade, significa mais ou menos 'grande besta'. [...] A vida e os costumes dos homens rudes convinham-lhe bem mais do que os da cidade."

5. Grande época da reabilitação neoplatônica do amor (mas também da caça às bruxas), o século XVI não se cansou de dissertar sobre o estatuto das mulheres. Algumas obras representativas foram publicadas por G. Zonta com o título de *Trattati del Cinquecento sulla donna*, Bari, 1913. Atualmente, os estudos se multiplicaram, sobretudo em língua inglesa: vide, por exemplo, I. Maclean, *The Renaissance Notion of Woman*, Cambridge University Press, 1980; M. W. Ferguson, M. Q. Quilligan, N. J. Vickers (org.), *Rewriting the Renaissance: The Discourses of Sexual Difference in Early Modern Europe*, Chicago University Press, 1986; e, quanto aos aspectos franceses da questão, E. Berriot-Salvadore, *Les femmes dans la soiété française de la Renaissance*, Genebra, Droz, 1990.

não houvesse nunca visto nem ouvido outra mulher além de vós. Mas, a esse respeito, teremos tempo de conversar em outra ocasião. Por enquanto, vos direi apenas que cometeis grande injustiça, não digo à enorme afeição que tenho por vós e ao meu juízo (o qual, embora bem menos que medíocre em todos os outros assuntos, nisto de conhecer vossas virtudes e amá-las, não menos do que cultivá-las, é singularíssimo), mas à vossa gentileza e bondade inatas, visto que chegastes a imaginar que eu, encontrando-me em vossa companhia, e observando-a, e ouvindo-a, possa sentir outra coisa que não prazer incrível, ternura inefável e contentamento incomparável. Serei eu, portanto, tão ignorante, tão vil, tão ingrato que não conhecerei, não provarei, não elogiarei aquela beleza, aquela virtude, aquela cortesia, que ama, admira e honra quem quer que a tenha visto por si mesmo ou ouvido falar dela por outro? Não tenho intenção de me igualar em coisa alguma ao nosso e meu tão douto, tão elegante e tão cortês senhor Sperone[6], nem ao raro e excelente valor do nosso senhor Muzio[7]; ao contrário, quero ceder-lhes em tudo, como é de seu mérito e de meu dever, exceto em apreciar vosso

6. Sperone Speroni (1500-1588), discípulo do aristotélico Pietro Pomponazzi, membro eminente da Academia dos "Infiammati" em Pádua e autor, entre outros, de diálogos, dos quais os mais notáveis são o *Dialogo delle lingue* – plageado por du Bellay em seu *Deffence et illustration* – e o *Dialogo di amore*, em que aparece Tullia; vide notas 63 e 64. Essas obras (sobretudo a segunda, muito admirada por Aretino) buscam uma síntese entre a comédia e o tratado filosófico.

7. Girolamo Muzio (1496-1576), poeta petrarquista na juventude, militante da Contra-Reforma na velhice, escreveu especialmente em idade madura as *Battaglie in difesa dell'italica lingua* (publicação póstuma, 1582), em que preconiza o emprego de uma língua de corte, aberta às experiências da literatura em vulgar e não estritamente toscana. Provavelmente colaborou com a reescritura e até mesmo com a redação do diálogo *Sobre a infinidade do amor*; tal é a opinião de Giuseppe Zonta (*Trattati d'amore del Cinquecento*, Bari, 1912), que se baseia em argumentos filológicos. Na verdade, numa epís-

mérito, embora eu não saiba se sou capaz de elogiá-lo tão bem quanto eles: os quais, um em prosa e outro em diversas formas de versos, como também em prosa, escreveram tantas coisas e tais a vosso respeito,

que durarão enquanto girar o mundo[8].

Aliás, quanto a isso, creio ultrapassá-los na mesma medida em que me excedem em espírito e eloqüência. Desse modo, se me fosse lícito lamentar-me logo de quem devo elogiar infinitamente,

tola preliminar (vide Apêndice, p. 79), Muzio declara-se responsável pela edição do diálogo de Tullia.

8. Alusão a uma passagem de *A divina comédia* (*Inferno*, II, 60), em que Beatriz diz a Virgílio: "O anima cortese mantovana,/ di cui la fama ancor nel mondo dura/ e durerà quanto il mondo lontana." Tullia substituiu "e durerà" por "che dureran"; por outro lado, ela adota, em vez de "mondo lontana", a variante "moto lontano", que não modifica o significado geral.

bastar-me-ia a coragem de demonstrar-vos quão injustamente fui ofendido hoje por vós.

TULLIA. Jamais ofenderei voluntariamente as pessoas que, pelas suas virtudes, merecem ser honradas, como vos. E se eu disse, doutíssimo Varchi, que temia que vos parecesse incômodo, não foi por crer que houvesse pouca afeição sua para comigo (bem sei o quanto vosso amor é maior do que meus méritos), mas porque também conheço vossa natureza de pospor vossos interesses aos desejos de outrem, bem como vosso costume de jamais negar nada a ninguém e de preferir os prazeres dos outros ao que vos é útil; além de sempre estardes muito ocupado com vossos tão belos e louváveis estudos, assim como com as numerosas e muito fastidiosas tarefas domésticas; sem contar as preocupações que recebeis continuamente tanto dos que conhecem e amam vossas virtudes, quanto dos que as conhecem bem, mas não as amam; e isso é muito importante. Mas não quero entrar neste assunto agora, para não dar a impressão de querer devolver-vos os tantos elogios que vós, não diria com pouco juízo, mas apenas por excesso de amor (que em vós, estou certa, não cabe adulação), me fizestes; tão desmedidos cada um deles, quanto bem medidos todos a vós, cuja bondade e virtude... Mas não quero que comecemos a consumir o tempo em coisas desnecessárias, e principalmente em vossa presença, pois sempre recusais e diminuís os elogios a vós, quanto estimais e elevais os feitos a outrem. Sendo assim, peço-vos a gentileza de esclarecer-nos uma dúvida que há pouco se propusera entre nós, pois, interrompida a discussão por concordarmos em esperar vossa declaração, acabamos entrando em outros assuntos. E abstenhai-vos de recusá-la, pois deixaríamos de considerar-vos como gostaríeis e como cremos que sejais realmente.

VARCHI. Eu, por mim, não sei o que poderia ser, nem como gostaria de ser tido, além de vosso bom amigo e fiel servidor; e, se acreditasse poder satisfazer-vos, ainda que na mais mínima coisa, embora tenha vindo para ouvir e aprender e não para falar, não me seria nem um pouco penoso;

ao contrário, além de um modo muito prazeroso de...

TULLIA. Por favor, não entreis em tais escusas, que chegam a ser comuns demais para um homem como vós, e guardai esta modéstia para outra ocasião e outras pessoas que não vos conheçam; caso contrário, direi que vos parece ter sido pouco elogiado e que esperais que vos elogiem ainda.

VARCHI. Agora sim vos perdôo por vossa última observação e por tudo o que disséreis a meu respeito, tão longe de toda verdade, creio que para demonstrar vossa eloqüência, o que era supérfluo. Como disse, também vos perdôo porque, não podendo e não querendo desobedecer-vos em todo o pouco que por mim se puder, cumprireis a penitência de vosso pecado, pois estes senhores, ao me ouvirem, considerar-vos-ão não apenas pouco judiciosa, mas aduladora em demasia.

TULLIA. Não cure disto; e, deixando a mim esta preocupação, vinde à explicação da presente dúvida.

VARCHI. Qual dúvida? Dizei primeiro e, se eu souber, tentarei contentar-vos, porém, com a condição de que depois me coloqueis a par daqueles assuntos, nos quais dizeis que entráreis pouco antes de minha chegada, pois vos vi todos muito atentos e interessados.

TULLIA. Fico muito satisfeita; pois, se aos outros jamais costumo negar coisas que sejam lícitas, menos ainda posso ou devo recusá-las a vós. A dúvida é a seguinte: "Se se pode amar com término." Vós não respondeis?

VARCHI. Preferiria não vos ter prometido.

TULLIA. Por quê?

VARCHI. Porque não compreendo os termos da questão. Pensai, como poderei resolvê-la?

TULLIA. Compreendi-vos perfeitamente, eu. Mas, por favor, se me quiserdes realmente bem, deixai as escusas e as burlas de lado; embora eu não enxergue com clareza, não tenteis me cegar por completo.

VARCHI. As mulheres são extraordinárias! Retomam tudo a seu modo e querem sempre, com todos, a todo momento, em todo lugar e sobre todas as coisas, serem as vencedoras. Porém, uma vez que quem tal pode, tal quer, assim seja. Pois, uma vez que é assim, assim deve permanecer, e não reclamo; sem contar que vosso esconjuro foi tal que me fez revigorar todos os meus espíritos.

TULLIA. O que estais dizendo? Então os espíritos existem? E estão incorporados em vós? Pensei que os esconjuros os espantassem em vez de atraí-los.

VARCHI. Depois dizeis que sou eu quem brinca. Mas, deixando de lado os espíritos a quem os queira e os possuídos a quem possa incorporá-los, dizei-me: se vos perguntassem se "término" e "fim" são a mesma coisa, o que responderíeis?

TULLIA. Agora sou eu quem não vos entende.

VARCHI. Temo que estes senhores tenham a ocasião de rir de nossa conversa, pois somos da mesma região, como diz o provérbio, e não nos entendemos. Pergunto se o "término" de uma coisa pode ser chamado de "fim".

TULLIA. Que não vos seja penoso dar-me um exemplo.

VARCHI. Quando alguém chega ao término de uma coisa, pode-se dizer que alcançou o fim dela?

TULLIA. Gostaria de um exemplo um pouco mais claro.

VARCHI. Se um agrimensor, ao medir um campo ou qualquer outra coisa, chegar ao seu término, de maneira que não possa avançar mais, direis que ele alcançou o fim de tal coisa?

TULLIA. Eu, por mim, diria que sim, porque o "extremo", o "último", o "término" e o "fim" de algo me parecem a mesma coisa.

VARCHI. Dissestes bem. Portanto, as coisas que não terão fim, não terão término; e, o contrário, as coisas que não terão término, não terão fim[9].

---

9. A lógica escolástica distinguia quatro significados para a palavra "fim": a) limite ou término ("finis est terminans rem: ita limes finis agri", lê-se num léxico filosófico da Idade Média, cujo exemplo Varchi retoma nessa passagem ao falar de um agrimensor ocupado em medir um campo); b) definição; c) perfeição; d) objetivo.

TULLIA. Aonde quereis chegar? Não gostaria que me rodeásseis com tantos términos e tantos fins.

VARCHI. Estais muito desconfiada hoje, mais do que o natural e contrariamente a vosso costume. E, no entanto, sabei que, tendo me concedido aquilo que é, ou seja, que "fim" e "término" são a mesma coisa, não podeis negar-me o que segue necessariamente, a saber, que aquilo que não possui fim não possui término, e vice-versa. Do que tendes medo? O que vos faz hesitar em conceder o que reconhecestes não poder negar?

TULLIA. Tenho medo do que poderia me acontecer. Não sei. No início, esses lógicos embaralham o cérebro dos outros e dizem "sim" e "não"; depois querem que digas no lugar deles e não cessam enquanto sua vontade não fique acima, seja errada ou reta[10]. Tanto que, por mim, costu-

---

10. Os sarcasmos recorrentes de Tullia refletem a hostilidade de vários humanistas em relação à lógica escolástica, cujos aspectos muito técnicos eles rejeitam; Petrarca já havia

mo compará-los aos ciganos quando enganam os passantes.

VARCHI. Não podíeis mostrar-me com argumento mais eficaz que não sou lógico, contanto seja que a lógica faz tudo exatamente ao contrário do que imaginais.

TULLIA. Oh, não me enganareis! Não falo da boa lógica, mas da sofística que se usa hoje.

VARCHI. Deixemos de lado o que se usa hoje, e respondei-me se quereis me conceder com as palavras o que me concedestes com os fatos.

---

dado o exemplo em seu *De sui ipsius ignorantia*. Como conseqüência, Lorenzo Valla, na Itália, e Rudolph Agricola, Juan Luis Vives e Pierre Ramus, fora da península, criticaram severamente o método lógico dos aristotélicos, censurando seu caráter artificial e sua inaptidão para produzir conhecimentos novos. Para um estudo sintético sobre essa questão, bem como sobre a evolução da lógica nos primeiros trinta anos do século XVI, vide *The Cambridge History of Renaissance Philosophy*, Ch. B. Schimitt e Q. Skinner (org.), Cambridge University Press, 1988, pp. 141-98 e 668-84.

TULLIA. Quero: mas qual será o resultado?

VARCHI. Nenhum outro senão que, se vos provar que Amor não tem fim, vossa dúvida será resolvida.

TULLIA. Um pouco mais devagar! Vós resolveis as coisas com muita rapidez. De minha parte, creio que haja ainda passos difíceis a serem dados, e não consigo ver nem colocar na cabeça essa vossa conclusão, e gostaria muito que a explicásseis com mais detalhes e de maneira mais simples; pois, de qualquer modo, a hora é propícia, e creio que ninguém tenha algo mais importante ou agradável para fazer.

VARCHI. Bem sei o quanto conheceis todas as coisas, mas fazei-me falar que ficarei contente. Dizei-me: "amor" e "amar" não são a mesma coisa?

TULLIA. Estais falando a sério?

VARCHI. Muito a sério.

TULLIA. Eh, deixai as conversas! Agora que vos peço para falar com mais clareza, começais a gracejar e quereis nos fazer rir. Honestamente, não sabia que éreis tão espirituoso, para não dizer zombeteiro.

VARCHI. Sois vós que quereis fazer-me rir! Deixai as conversas e respondei ao que vos pergunto.

TULLIA. A quê?

VARCHI. Se "amor" e "amar" são a mesma coisa.

TULLIA. Certamente não, senhor, visto que desejais que eu responda a coisas claras.

VARCHI. Mal, penso, me responderíeis às dúvidas, se eu não vos incitasse a responder às claras. Mas, se "amor" e "amar" não são a mesma coisa, serão, portanto, diferentes entre si.

TULLIA. Sim, senhor. Esta é uma lógica que eu também compreendo, e se todas as deduções fossem feitas assim, responderia a todas sem hesitar.

VARCHI. Não basta dizer: "Sim, senhor".

TULLIA. O que quereis então? Que eu prove?

VARCHI. Certamente quero que me proveis.

TULLIA. Mesmo se não soubesse ou não pudesse provar, não acreditaria que fosse de outro modo, pois ouvi dizer mil vezes e acreditei que as coisas claras e manifestas por si mesmas não podem ser provadas.

VARCHI. É verdade, ouvistes e acreditastes bem. Mas aquela não é destas.

TULLIA. Que vós proveis o contrário, então.

VARCHI. Faríeis mal se estivéssemos em litígio, pois os senhores juristas não aceitam esse recurso. Mas não vos encorajais a encontrar alguma diferença entre ambos?

TULLIA. Mil.

VARCHI. Dizei uma.

TULLIA. Como posso saber? Entre outras, "amor" é nome e "amar" é verbo.

VARCHI. Não poderíeis responder melhor; não há outra diferença além desta.

TULLIA. Basta-me esta para provar que não são o mesmo, pois, se mil semelhanças não bastam para fazer que uma coisa seja a mesma, uma única dessemelhança faz com que seja diferente.

VARCHI. Muito bem dito. Mas, segundo vós, que diferença há entre os nomes e os verbos?

TULLIA. Quanto a isso, é preciso que consulteis um mestre-escola, pois não sou gramática de profissão[11].

---

11. À gramática de língua comum, como observa Fosca Mariani Zini, Tullia prefere uma gramática erótica: essa subs-

VARCHI. Felizes dos alunos se os mestres soubessem tais coisas, embora esta não seja sua obrigação, para dizer a verdade. Nem vos faço tal pergunta como gramático, de tal modo que vos pareça trabalhoso respondê-la.

TULLIA. O que poderia vos dizer? Os verbos possuem um tempo, e os nomes têm significado sem tempo[12].

---

tituição é ainda mais evidente no *Dialogo di amore*, de Sperone Speroni, em que a personagem Tullia explica (para dar apenas este exemplo) que, no amor, "'amar' é passivo e 'ser amado', ativo".

12. É comum atribuir-se a Platão a distinção entre as partes do discurso (vide especialmente *O sofista*, 262 a: "Chamamos de verbo (*rema*) aquilo que exprime as ações; quanto a sujeitos que as praticam, o signo vocal aplicado é um nome (*onoma*)." Mas é Aristóteles quem especifica: o *rema* marca o tempo, à diferença do *onoma* (*Da interpretação*, 16 a - 16 b, e *Poética*, 57 a). Sobre esse assunto, vide o estudo de L. Basset em *Les classes de mots. Traditions et perspectives*, Presses Universitaires de Lyon, 1994.

VARCHI. Agora percebo que sabeis tudo e, para me fazer falar, fingis que não sabeis nada. Porém, se não existe outra diferença além desta, que não é substancial, mas acidental, por que não me concedeis o que disse antes, que "amor" e "amar" significam a mesma coisa?

TULLIA. Pareceu-me muito estranho que um nome, que é tão pequeno, pudesse igualar-se a um verbo, que é tão grande.

VARCHI. Não quero responder a todas as questões, pois sei que me tentais. Pensais que não sei que vós sabeis, assim como eu, que os nomes se prepõem e são mais que os verbos?

TULLIA. E onde quereis que eu tenha aprendido isso? Em que autor? Naquele que declara a guerra gramatical?

VARCHI. Mas onde e em qual autor aprendestes o contrário?

TULLIA. Em nenhum. E vos confesso que não sabia antes qual deles era o mais digno ou o menos perfeito. E tudo o que sei até o presente momento é que nenhum deles é melhor que o outro.

VARCHI. E com quem aprendestes isso?

TULLIA. Convosco. Não posso nem quero negá-lo.

VARCHI. Comigo não o haveis jamais aprendido.

TULLIA. Por quê?

VARCHI. Porque os nomes são mais nobres.

TULLIA. Estais vos contradizendo muito rapidamente.

VARCHI. De que modo?

TULLIA. Se os nomes são mais dignos que os verbos, não são, portanto, a mesma coisa, como afirmáveis há pouco a respeito de "amor" e "amar". Nem sempre essa lógica funciona!

VARCHI. E vós muito rapidamente me repreendeis e censurais a lógica que merece ser adorada por quem busca saber a verdade das coisas, como estou certo de que é vosso caso.

TULLIA. Encontrai-me a verdade nessa contradição e ensinai-me como pode ser que duas coisas sejam a mesma e sejam diferentes entre si, isto é, uma mais digna que a outra, e eu a adorarei.

VARCHI. Fazei-o à vontade, pois, embora uma coisa, considerada por si e simplesmente, de modo único, não possa ser diferente de si mesma, nem mais ou menos nobre daquilo que é, não é por isso que, considerada diversamente e segundo vários aspectos, não possa ocorrer o que mencionei antes e que é a verdade.

TULLIA. Acredito no que dizeis, mas não o compreendo.

VARCHI. Às razões se deve crer, não à autoridade. Digo que uma mesma coisa, considerada de várias maneiras e comparada a diversas outras coisas, pode ser mais digna e menos digna de si mesma e assim será diferente de si mesma.

TULLIA. Gostaria de um exemplo.

VARCHI. Deus não ama a si mesmo?

TULLIA. Ama.

VARCHI. Portanto, é amante e amado?

TULLIA. É.

VARCHI. Quem pensais que é mais nobre: o amante ou o amado?

TULLIA. O amado, sem dúvida.

VARCHI. Por quê?

TULLIA. Porque o amado é causa não apenas eficiente e formal, mas também final, e a finalidade é a mais nobre de todas as causas; donde ao amante resta apenas a causa material, que é a menos perfeita de todas[13].

VARCHI. Respondestes bem e muito doutamente. E, portanto, Deus, considerado como amado, é mais nobre do que ele mesmo, considerado como amante.

TULLIA. Sim.

---

13. Segundo Aristóteles, a palavra "causa" (no texto italiano de Tullia: *ragione*) pode ser empregada com quatro significados diferentes: vide a *Física*, 194 b, ou a *Metafísica* A, 983 a - b; Δ, 1013 a - b; H, 1044 a - b. A escolástica distinguiu quatro tipos de causa, acrescentando os epítetos *materialis*, *formalis*, *efficiens* e *finalis*. No caso de uma estátua, por exemplo, a causa material é a matéria de que é feita; a causa formal é a figura que ela representa; a causa eficiente é o escultor; a causa final é o objetivo ao qual o escultor se propôs.

VARCHI. Sendo assim, uma única coisa pode diferir de si mesma, se considerada segundo diversos atos?

TULLIA. Sim, senhor. Mas o que quereis inferir disso?

VARCHI. Que aquilo que há pouco vos parecia impossível e completamente falso, agora é de todo verdadeiro e fácil, conforme o exemplo que vos dei.

TULLIA. Sim, mas vos direi a verdade. Quando se conversa a respeito de coisas mortais, não me parece adequado entrar nas divinas, pois sua perfeição é tão grande que não podemos compreendê-las, e cada um pode explicá-las a seu modo.

VARCHI. Bem dizeis que das coisas mortais às imortais o salto é muito grande, não existindo entre elas nem comparação, nem proporção possível; de Deus não podemos conceber nada além de que seja tão perfeito que não podemos compreendê-lo, e ninguém o adora suficientemente, já não digo como merece de sua bondade, mas como exige nossa dívida. Porém, ao falar sobre o

Amor, talvez não estejamos tratando de coisas mortais, como pensais.

TULLIA. Eu o sei, nem queria dizer isso. Vós me compreendestes bem. Dai-me exemplos fáceis de entender.

VARCHI. O que considerais mais digno: ser pai ou ser filho?

TULLIA. Ser pai. Mas, pelo amor de Deus, não entremos na Trindade.

VARCHI. Não tenhais medo. Portanto, alguém que tivesse pai e filhos, como é o caso de muitos, seria como pai mais digno de si próprio do que como filho?

TULLIA. Não se pode negar. Mas não vejo por que essas coisas, ainda que verdadeiras, estão relacionadas à nossa questão.

VARCHI. Vereis. Afirmo que os verbos e os nomes, considerados realmente e em si, como dizem os filósofos, são, com efeito, uma única coisa e, portanto, não são mais nobres uns que os outros; porém, se considerarmos os verbos com aquele acréscimo temporal que vós mesma mencionastes há pouco, e como significado de ação ou paixão, que não pode existir sem alguma substância ou assistência significadas pelos substantivos, digo que os verbos são menos perfeitos. Compreendestes-me agora?

TULLIA. Parece-me haver entendido, mas ainda não estou satisfeita; aliás, onde antes me sentia bastante segura com os exemplos dados de Deus e de alguém que tivesse pai e filhos ao mesmo tempo, agora, com esta última conclusão, encontro-me repleta de dúvidas, a ponto de parecer-me que tenha entendido, mas na verdade não o tenha feito. Assim, dai-me algum outro exemplo, se quiserdes que eu ainda seja capaz disso e perdoai-me se muito vos sou importuna e desagradável.

VARCHI. Como "importuna"? Se a vós não desagrada perguntar-me, a mim não desagrada responder-vos. Sinto apenas não poder resolver vossas dúvidas tão brevemente como o faria, porventura, um daqueles mestres-escolas aos quais desejáveis antes que eu indagasse. Mas, dizei-me, o que pensais que seja mais perfeita: apenas a forma sem a matéria ou a forma junto com a matéria?

TULLIA. Não compreendo.

VARCHI. O que julgais mais digno: a alma em si, sem o corpo, ou a alma com o corpo?

TULLIA. Agora entendo. Mas isto me parece uma daquelas dúvidas, sem nenhuma dúvida.

VARCHI. Duvido, então, que me compreendestes.

TULLIA. Por quê?

VARCHI. Respondei e vos direi.

TULLIA. Quem não sabe que o conjunto todo, ou seja, a alma e o corpo unidos, é mais nobre e mais perfeito do que a alma sozinha?

VARCHI. Vós sois uma que não o sabeis.

TULLIA. Por quê?

VARCHI. Porque mais perfeita e mais nobre é a alma sozinha.

TULLIA. Isso não me parece possível, nem verossímil; e vós mesmo haveis de concordar comigo que ambos são pelo menos semelhantes, e, sendo a mesma alma, ela terá o mesmo valor tanto junto ao corpo quanto sozinha. Pois, se o corpo não lhe confere coisa alguma, também não deverá tirar nada dela.

VARCHI. Ainda não concordarei convosco. Pois, embora a alma seja a mesma, é mais digna por si e mais nobre sem o corpo do que junto com ele; do mesmo modo como uma quantidade de ouro vale mais quando pura e isolada do que quando suja de lama ou misturada ao chumbo; e, além disso, é a causa do conjunto[14]. Porém, estamos fazendo muitas digressões e talvez enfadando estes gentis-homens, que estiveram quietos até agora e estão talvez para pedir que nos calemos.

TULLIA. Não penseis nisso e cuidai de prosseguir, se possível facilitando as coisas e explicando-as minuciosamente, sem vos preocupar com aquilo que sei ou não; pois, para dizer a verdade, parece-me que não sei nada além de que não sei coisa alguma.

---

14. Recordações de Aristóteles, *Metafísica* Z, 1035 a - 1036 a.

VARCHI. Isso não seria pouco, e poderíeis vos igualar a Sócrates, que foi o homem mais sábio e o melhor de toda a Grécia.

TULLIA. Não o disse nesse sentido: estais sutilizando muito as coisas. Mas, se ele foi tão bom e tão santo, por que não o imitais? Pois, como sabeis, concedia tudo à sua Diotima[15] e aprendia com ela tantas coisas belas, especialmente nos mistérios do Amor.

VARCHI. E o que estou fazendo?

TULLIA. Justamente o contrário, pois ele aprendia e vós ensinais.

VARCHI. Vós vos equivocais. De onde pensais que tiro o pouco que digo se não...

TULLIA. Vamos, vamos, sem exageros. Voltai ao assunto deixado e mostrai-nos de maneira mais

---

15. Vide *O banquete*, 201 a - 212 b: Diotima é a "mulher de Mantinéia", e Sócrates sustenta que ela lhe "ensinou as coisas do amor". É ela quem expõe, particularmente, a natureza demoníaca do amor, o mito de seu nascimento e seu verdadeiro objetivo: a imortalidade.

simples, se possível, que "amar" e "amor" são a mesma coisa.

VARCHI. "Amar" não é um efeito de "amor"?

TULLIA. Anteriormente acreditava que sim.

VARCHI. Por que não acreditais agora?

TULLIA. Pelo vosso amor.

VARCHI. Como? Pelo meu amor?

TULLIA. Sim, pelo vosso amor.

VARCHI. Oh! Isto será assim, se meu amor deve servir para nos fazer esquecer a verdade.

TULLIA. Não estou falando disso. Porém, quero dizer que não acredito mais porque mencionastes anteriormente que não era assim.

VARCHI. Não disse isso. Por favor, não me tomeis por Calandrino*.

TULLIA. Dizei antes: "não me lembro" ou "não quis dizer isso", pois dito, vós o haveis.

VARCHI. Por sorte, há testemunhas que podem dar fé!

---

* Calandrino é um personagem caracterizado como tolo na obra *O Decamerão*, de Boccaccio. (N. da T.)

TULLIA. Eu, de minha parte, não desejo outra testemunha nem outro juiz além de vós mesmo.

VARCHI. Crede-me que não quero negar-vos nada do que tenha dito, desde que me lembre, mas estou certo de não ter dito isso.

TULLIA. E se eu vos mostrar que o dissestes, acreditais?

VARCHI. Não, jamais acreditarei.

TULLIA. E se eu fizer com que vós mesmo o digais e vos mostrar abertamente, o que direis?

VARCHI. Direi que sabeis fazer com as palavras o que os jogadores de dados fazem com as mãos.

TULLIA. Tranqüilizai-vos. Não dissestes que "amor" e "amar" são em efeito e essencialmente a mesma coisa? Isso não me podeis negar.

VARCHI. Não apenas não vos nego, como vos reafirmo.

TULLIA. E não dissestes há pouco que "amar" é um efeito de "amor"?

VARCHI. Disse-o.

TULLIA. Isso não é nada? Para tanto é necessário bem mais do que a lógica.

VARCHI. Parece-me suficiente, e até demais. Mas por que demonstrais tanta surpresa e indignação?

TULLIA. Porque nunca ouvi dizer que a causa e o efeito, como no caso do pai e do filho, sejam uma mesma coisa.

VARCHI. Nem eu, a não ser por doutores em lei.

TULLIA. Coloquemos as cartas na mesa. Anteriormente vós dissestes que "amor" e "amar" são a mesma coisa, depois que "amar" é efeito de "amor". Não é verdade?

VARCHI. Sim, senhora. E é ridículo.

TULLIA. Como fica, então, isso?

VARCHI. Fica bem; para vós, que haveis duvidado muito sutilmente, e para mim, que disse a verdade.

TULLIA. Pelo visto, o Calandrino serei eu! Como isso pode ser verdadeiro?

VARCHI. A mesma aparência e equívoco que anteriormente vos ofuscava a visão agora vos deslumbra; pois, na verdade, considerando essencialmente e em substância, "amor" e "amar", como dito há pouco, são a mesma coisa; porém, considerados o "amor" em si e o "amar" em si, com aquele acréscimo do tempo, parecem diversos; e isso não advém da diversidade de ambos, mas da diversidade do nosso modo de considerá-los. E se soubésseis que "homem" e "humanidade" são a mesma coisa, embora diversamente, não estaríeis tão surpresa.

TULLIA. É exatamente isso o que estava dizendo. Como quereis que eu possa crer que a causa e o efeito sejam o mesmo?

VARCHI. Não é isso que quero; pois o que não é, não se pode compreender nem se deve acreditar.

TULLIA. Então eu tinha razão?

VARCHI. Não, senhora.

TULLIA. Oh, como pode ser isto?

VARCHI. Farei com que vós mesma o diga, uma vez que não quereis acreditar em mim.

TULLIA. Mas como? Por meio da lógica?

VARCHI. Vós zombais e perseguis muito esta lógica:

mas ela é bem-aventurada e não ouve[16].

E, na verdade, fazeis injustiça; mas ela vos dará bem por mal, fazendo-vos inicialmente conhecer e, em seguida, confessar, com viva força, a verdade.

TULLIA. No entanto, ela não fez nem fará com que eu confesse, a menos que eu enlouqueça, que a causa e o efeito são a mesma coisa.

VARCHI. Que bela homenagem lhe prestais! Ela só é causa e não vos faz confessar, pois foi encontrada para descobrir a verdade e para recobrir a mentira; e quem a usa de outro modo faz o que quer, porém não o que deve, e merece o mesmo castigo que mereceria um médico que se servisse da própria ciência e arte não para curar os doentes, mas para matar os sãos; aliás, um castigo até maior, na medida em que a alma é mais digna do que o corpo.

16. *Ma ella s'è beata, e ciò non ode*: outra citação de *A divina comédia* (*Inferno*, VII, 94). Virgílio explica a Dante que a Fortuna permanece indiferente aos lamentos dos homens.

TULLIA. Para vos dizer a verdade, parece-me que estais fazendo a história render, como se diz, talvez porque não vos encorajais a provar-me o que é impossível e a me fazer dizer o que não quero.

VARCHI. O que é impossível é falso, e portanto não pode ser provado como verdadeiro, nem estou tentando prová-lo e muito menos fazer-vos dizer o que não quereis, pois me pareceria demasiada presunção e descortesia. Esforçar-me-ei bastante para demonstrar-vos e fazer-vos dizer, por vós mesma, que aquilo que disse é verdadeiro. Dizei-me, por vossa fé, que coisa pensais que seja "amor"?

TULLIA. Segundo vós, são perguntas que se façam assim, subitamente e de improviso, a uma mulher? E sobretudo a uma como eu?

VARCHI. Quereis me fazer dizer que muitas mulheres são mais nobres que muitos homens e entrar em vossos méritos; que sempre pusestes mais estudo em ornar o espírito com raríssimas virtudes do que o corpo com ornamentos soberbos e vagos: coisa realmente raríssima em todos os tempos e digna de grandíssimo elogio. No entanto, não vos perguntei que coisa seja "amor", mas o que pensais que seja, pois bem sei que, em geral, as mulheres amam pouco.

TULLIA. Vós o sabeis mal e talvez julgueis o amor das mulheres pelo vosso.

VARCHI. Imaginai o que teríeis dito, se eu tivesse acrescentado, como quase o fiz, "e raramente", alegando estes versos de Petrarca:

> onde eu sei bem que um amoroso estado
> em coração de mulher pouco dura[17]?

TULLIA. Como sois malicioso! Pensais que não vos havia compreendido? Seria questão de que a senhora Laura escrevesse sobre Petrarca o equivalente ao que ele escreveu sobre ela, e teríeis

---

17. *Ond'io so ben ch'un amoroso stato/ in cor di donna picciol tempo dura*: Petrarca, *Rimas*, CLXXXIII (soneto "Se'l dolce sguardo..."), versos 13-14.

visto como a questão teria mudado. Mas por que não cumpris vossa promessa?

VARCHI. Por culpa vossa, pois ainda não me haveis respondido o que pensais que seja "amor".

TULLIA. "Amor", seja pelo que ouvi os outros dizerem várias vezes, seja pelo conhecimento que tenho disso, não é outra coisa senão um desejo de gozar com união aquilo que é verdadeiramente belo ou que parece belo ao amante.

VARCHI. Resposta muito douta. E "amar", que é?

TULLIA. "Amar" será, conseqüentemente, um desejar gozar com união aquilo que é verdadeiramente belo ou que o parece ao amante.

VARCHI. Reconheceis agora a diferença que há, ou melhor, que não há entre "amor" e "amar"?

TULLIA. Reconheço-a, e tão claramente que, se a lógica ensina tais coisas, não deve ser, por certo, nada além de algo santo. E, no entanto, ainda não consigo entender como o efeito e a causa podem ser uma só coisa.

VARCHI. Dai crédito à lógica, que não vos deixa acreditar no que é falso. Mas deveríeis reconhecer também, mediante a definição de um e de outro, que, sendo ambos um mesmo efeito, possuem necessariamente uma mesma causa.

TULLIA. Qual é, então, a sua causa? E de quem são eles filhos?

VARCHI. Não ousais adivinhar?

TULLIA. Por minha fé, não; pois não apenas os poetas, mas também os filósofos lhes dão tantos nomes, tantos pais e tantas mães (embora às vezes não lhes dêem pai nenhum), falem-nos disso sob tantas fábulas e velamentos e mistérios, que eu, por mim, não me sentiria capaz de adivinhar jamais qual fosse o verdadeiro ou qual desejais vós que o seja.

VARCHI. Dizei aquele em que acreditais, não aquele de que vos falaram os outros.

TULLIA. Por mim, creio que a beleza seja a mãe de todos os amores.

VARCHI. E quem será o pai?

TULLIA. O conhecimento dessa beleza.

VARCHI. E depois a senhora Tullia não quer que eu a elogie! Teríeis respondido ainda melhor se tivésseis dito que a beleza é o pai, e o conhecimento, a mãe, como explicaremos novamente, pois sabemos que o amado, sem dúvida alguma, é o agente e, por conseguinte, mais nobre, enquanto o amante é o paciente e, conseqüentemente, menos nobre, ainda que o divino Platão pareça afirmar o contrário[18].

TULLIA. Equivoquei-me com a língua, não com a mente, pois também julgo, como disse há pouco, que o amor nasça do belo conhecido e desejado na alma e no intelecto daquele que o co-

---

18. Alusão ao discurso de Fedro no início de *O banquete* (180 b): "Ao honrarem ao máximo a virtude, da qual o Amor é o princípio móvel, os Deuses experimentam, no entanto, mais surpresa e admiração; eles recompensam com mais benefícios o amado, quando este quer bem ao amante, do que no caso em que é o amante a querer bem ao seu favorito: o amante é uma criatura mais divina do que o seu favorito, pois pertence a Deus!"

nhece e o deseja; mas isso não me parece que tenha nada a ver com a nossa questão.

VARCHI. Ao falar de amor, o assunto é tão amplo e os seus mistérios tão profundos que de cada palavra nascem infinitas dúvidas, das quais cada uma exigiria tempo e doutrina infinitos. E percebo que não teremos tempo nem para responder à nossa questão. Sendo assim, retomo brevemente o início, dizendo que "término" e "fim" são a mesma coisa e o que não tem "término" não tem "fim"; e, portanto, também o contrário: aquilo que não tem "fim" não tem "término"; e que "amor" e "amar", em substância, essencialmente, são a mesma coisa, embora um, considerado como nome, cujo significado exclui tempo, e outro como verbo, cujo significado inclui tempo, pareçam diferentes. Mas, na verdade, são iguais, substancialmente. Desse modo, pode-se dizer que "amor" é a causa de "amar", donde "amar" venha a ser efeito de "amor", da mesma forma como se diz que a visão é a causa de ver, donde ver é denominado "efeito da visão", embora "ver" e "visão", realmente e em efeito, sejam a mesma coisa. Sendo assim, parece-me que vossa dúvida tenha sido resolvida: não se pode amar com término; desejo, portanto, que cumprais a promessa e liberai-vos de vossa obrigação, se já não estais cansada, como temo.

TULLIA. Cansado deveis estar vós. Estava quase dizendo "desmemoriado", mas vós lembrastes da promessa...

VARCHI. O que isso significa?

TULLIA. Como "o que isso significa"? Dizeis que resolvestes a dúvida, e faltam o principal e o melhor. Fico satisfeita em conceder-vos tudo o que dissestes até agora, mas isto não vos serve de nada enquanto não provardes que Amor não tem fim; e isso eu não sei como podeis provar.

VARCHI. A vontade que tenho de ouvir alguns dos que aqui estão e o fato de parecer-me muito fácil o que a vós, talvez porque o quereis, parece obscuro e impossível, fizeram-me dizer isso assim. Mas que argumentos alegais para provar que Amor tenha fim?

TULLIA. Nenhum, porém, é como vos digo.

VARCHI. Quereis, portanto, que eu creia na autoridade.

TULLIA. Não, senhor, mas na experiência, que é a única coisa em que acredito, muito mais do que em todos os argumentos de todos os filósofos.

VARCHI. E eu também. Mas que experiência é essa?

TULLIA. Não sabeis melhor do que eu que infinitos homens, antigos e modernos, apaixonaram-se e, em seguida, por desdém ou por qualquer outra causa, deixaram o amor e abandonaram as amadas?

VARCHI. Não digo melhor do que vós, mas sei que infinitos homens e infinitas mulheres, tanto nos tempos antigos quanto nos modernos, apaixonaram-se e, em seguida, qualquer que fosse aí a causa, deixaram o amor e, muitas vezes, o que é tanto mais e pior, transformaram-no em ódio. Mas o que quereis inferir com isso? Que amor tem fim e que se pode amar com término? Eu pensaria que quereis enganar a vós mesma; mas, conhecendo vosso engenho e vendo-vos sorrir com ironia, estou certo de que quereis enganar a mim. Porém, basta-me vosso reconhecimento de que eu não estava de todo errado e não brincava ao declarar inicialmente que não compreendia os termos da questão, pois jamais pensei em tal fim, como acredito que vós também não pensastes em tal término ao me propor o problema.

TULLIA. Confesso-o, pois não teria sido dúvida, mas tolice de minha parte, sabendo que muitos amam e deixam de amar quando bem querem.

VARCHI. Não gostaria que vos tivésseis por tola, sendo tão sábia, se é que já não estais tentando me enganar também nisso, pois as coisas não são assim tão certas como pareceis supor.

TULLIA. Meu Deus! Quereis discutir também a esse respeito! Eu diria...

VARCHI. O que diríeis?

TULLIA. ...que vós sois o contrário do que muitos me disseram: que sempre evitais discutir qualquer assunto com quem quer que seja, de onde concluem vossa ignorância.

VARCHI. Além desse, que não é insignificante, existem outros indícios e argumentos maiores. Mas de que adiantam se a parte interessada o confessa e ninguém diz o contrário?

TULLIA. Não digais isso, pois muitos, dentre os quais eu mesma, várias vezes vos defenderam ardentemente. Embora não necessiteis nem da minha defesa, nem da de ninguém, pois vossas virtudes são reconhecidas com muita honra. Conhecemos o quão judicioso em todas as coisas, quão prudente, quão inteligente é o nosso, não digo ilustríssimo, excelentíssimo e felicíssimo, que são elogios da fortuna, mas tão justo, liberal e virtuoso príncipe, senhor e soberano, o duque Cosme de Medici e ele se serve de vós e de vossa pena em coisas dignas da eterna memória[19]. Mas, além

---

19. O diálogo de Tullia vem acompanhado de uma epístola dedicada a Cosme I de Medici, duque de Florença a partir de 1537 (vide Apêndice p. 82). Graças à sua intervenção, Tullia foi dispensada de usar o véu amarelo das cortesãs; "Perdoai-a enquanto poetisa", escrevera o duque a Varchi. E

de o julgamento de um príncipe tão grande, bom e sábio ser realmente um argumento infalível e demonstrativo, que por si só deve servir de grande consolação, sabemos ainda que aquele vício não é moderno, mas antiquíssimo, pois Sócrates, Platão, Aristóteles e todos os outros homens de bem não fizeram outra coisa além de lutar contra uma geração que chamavam de "sofistas" e que nunca se deixava apaziguar.

VARCHI. Nem jamais apaziguará, a não ser quando faz suas troças em silêncio. Lede o que foi feito outrora a Catão, a Sêneca, a Plutarco e a Galeno[20]; o que ocorreu em seguida com Dante,

---

foi também por vontade de Cosme que Varchi começou a redação das *Storie fiorentine*.

20. Estaria Varchi aludindo aos suicídios de Catão e Sêneca (ou ao exílio deste último na Córsega) e aos ataques dos médicos da escola empírica contra Galeno? Mas é difícil saber em que tais infortúnios seriam, em termos reais, imputáveis aos "sofistas". Mais difícil ainda é saber qual a penitência que Plutarco deveria ter "sofrido" por causa deles.

Petrarca e Boccaccio[21] e, mais recentemente, com Teodoro Gaza, Pontano e, para não mencionar tantos outros, Longolio[22] e, há dois dias, para

21. Mesma observação, se Varchi faz alusão ao exílio de Dante, às polêmicas contra Petrarca (sobretudo em relação à sua obra *Africa*) e às dificuldades que Boccaccio leva em consideração no início do quarto dia do *Decamerão*: "Cruelmente sacudido, quase desterrado pelo Aquilão, não cessei de sentir as feridas da inveja."

22. O humanista bizantino, Teodoro Gaza (Theodoros Gazes, 1400-1476), instalara-se na Itália após o Concílio de Florença; foi o primeiro professor de grego em Ferrara. Atribuem-se a ele traduções de Aristóteles e de Teofrasto. Giovanni Pontano (1426-1503), humanista e poeta ativo em Nápoles, escreveu, entre outros, o tratado *De rebus caelestibus* e o poema astrológico *Urania*; seguiu, paralelamente, uma carreira política agitada. Longolio é o nome italianizado de Christophe de Longueil (em latim, Longolius): Leão X foi o admirador, e Pietro Bembo, o amigo desse belga erudito, que morreu em Pádua em 1522, deixando discursos contra Lutero e comentários sobre Plínio. Em 1516, capturado por um espião francês, foi preso pelos suíços.

citar o extremo de todos os males, com o tão venerável Bembo[23].

TULLIA. Sem dúvida, para não falar de outras, a bondade, a doutrina e a cortesia infinitas de um senhor tão bom, douto e cortês, assim como são infinitas, merecem ser infinitamente conhecidas, amadas e honradas; ele é ainda mais nobre do que aquela nobreza que o vulgo estima tanto; e ele é muito mais rico, o que o vulgo prefere a qualquer outra coisa. Tanto que somos forçados a confessar que quem é elogiado e admirado pelos homens de bem é censurado e considerado vil pelos outros. Mas deixemos esses exemplos,

---

23. Pietro Bembo (Veneza, 1470 - Roma, 1547), autor de *Asolani*, *Prose della volgar lingua* e de *Rime*, evocadas posteriormente. Este grande reformador do humanismo (partidário da "imitação" de Cícero e Virgílio em latim, e de Petrarca e Boccaccio em vulgar), editor de Dante e Petrarca, foi também o historiógrafo de Veneza; o papa o nomeara cardeal em 1539. O "mal extremo" que ele teria sofrido deve ser bastante relativo.

que não fazem parte de nosso propósito. Explicai-me por que não é nem tão verdadeiro nem tão fácil como penso o fato de não ser possível amar com término, considerando "término" ainda naquele outro significado.

VARCHI. Estamos nos afastando muito de nosso caminho: esforçar-me-ei, no entanto, para vos contentar. Dizei-me: se eu vos perguntasse se é possível viver sem comer, o que responderíeis?

TULLIA. Que bela pergunta! O que pensais que eu responderia? Diria não, supondo que todos os homens e todas as mulheres não fossem feitos da mesma forma que aquele escocês em Roma, nos tempos do Papa Clemente[24], ou como aquela menina, que ainda hoje vive na Magna*, sem se alimentar; digo isso para que não tenteis me enganar.

VARCHI. Não temais. Falo seriamente; os sofismas não apenas me desagradam, como também

---

24. Clemente VII (Júlio de Medici), papa de 1523 a 1534.

* Magna Grécia. (N. da T.)

me causam um ódio mortal; e vós respondestes muito bem. Mas, se para vos mostrar que tal opinião não é verdadeira, alguém vos fizesse uma crítica ou objeção, se quisermos chamá-la assim, e dissesse: – Os mortos não se alimentam, o que responderíeis?

TULLIA. Deixo que vós o julgueis.

VARCHI. Dizei mesmo assim.

TULLIA. Quereis fazer troça.

VARCHI. Quem quer sois vós. Já vos disse várias vezes que falo seriamente. Respondei-me ou passemos para outro assunto, pois tenho mais vontade e necessidade de aprender e ouvir o que estes outros têm a dizer do que de falar eu mesmo.

TULLIA. Não sei aonde quereis chegar perguntando-me por que os mortos não se alimentam, pois todo o mundo sabe que não podem e não têm mais necessidade de se alimentar e, simplesmente, porque estão mortos e não vivos.

VARCHI. Finalmente dissestes vós mesma, por vós, aquilo em que não queríeis acreditar quando dito por mim. E assim, nem mais nem menos deveis responder: do mesmo modo como os vivos não podem viver sem se alimentar, os apaixonados não podem amar com término. E a quem alegasse em contrário exemplos antigos e modernos, dizendo: "Estes e aqueles, estando apaixonados, abandonaram o amor e deixaram de amar, por assim dizer"; vós deveríeis responder: "Estes e aqueles eram vivos e se alimentavam, agora estão mortos e não se alimentam mais".

TULLIA. Compreendi. Quereis dizer que, enquanto se ama, não se ama com término e que, depois, quando não se ama mais, a questão perde o sentido. Até nessa lógica vejo a mão de Deus. Mas, dizei-me: não acreditais que existam pessoas que amam para atingir o próprio objetivo e, uma vez satisfeitos, deixam de amar?

VARCHI. Não, senhora.

TULLIA. Perdoai-me, mas vós mostrais pouca experiência em casos de amor; pois eu assaz os conheci e conheço.

VARCHI. Conheço e conheci-os assaz também eu.

TULLIA. E então que dizeis?

VARCHI. Digo que não amam e não estão apaixonados.

TULLIA. Eles respondem o contrário.

VARCHI. Cometem um grande mal e merecem um enorme castigo.

TULLIA. Sim, é verdade, pois simplesmente enganam as pobres mulheres.

VARCHI. Não é tanto por isso que digo, pois há mulheres que também fazem o mesmo aos homens, quanto porque a um ato tão vil e sórdido dão o nome mais belo e mais precioso que possa haver.

TULLIA. Não deixeis passar nada em branco, mas vos pagarei na mesma moeda. Retomai vossa demonstração de que Amor não tem fim e, por conseguinte, término, do modo como entendemos "fim" nessa discussão; pois, se fizerdes tal coisa, considerar-vos-ei um homem de grande mérito.

VARCHI. Não vos quero responder, pois vos vingaríeis demasiadamente, se bem vos conheço.

TULLIA. Vamos, vamos, provavelmente não tendes nada a dizer, mas se tendes, dizei-o.

VARCHI. É justamente por isso que não o direi.

TULLIA. Vamos, falai, pois, como vos disse antes, sereis homem de mérito se me provardes que Amor não tem fim!

VARCHI. Vencer uma mulher é, portanto, um ato de grande valentia?

TULLIA. Não é uma mulher que deveis vencer, mas a razão.

VARCHI. E a razão não é feminina?

TULLIA. Não sei se é feminina ou masculina. Deixai-me falar um pouco para ver se também sou capaz de vos surpreender, questionando-vos à minha maneira. Mas não me censurais se eu disser alguma bobagem.

VARCHI. Começai, pois vos responderei sem rodeios e com prazer.

TULLIA. Aquilo que não possui fim não é infinito?

VARCHI. Sem nenhuma dúvida.

TULLIA. Portanto, não possuindo fim, o Amor, segundo o que dizeis, será infinito?

VARCHI. Exatamente. Quem duvida?

TULLIA. Portanto o Amor é infinito?

VARCHI. Quantas vezes quereis que o diga?

TULLIA. Eu, por mim, em vosso próprio interesse, não gostaria que o tivésseis dito nem uma única vez, quanto mais tantas.

VARCHI. Por que razão? Se soubesse que vos daria desprazer, não o teria dito.

TULLIA. O desprazer que sinto, é por amor a vós, pois, argumentando, dissestes-me mil vezes que, segundo os filósofos, nada é infinito, sendo que todas as coisas são finitas. E, quando vos perguntei a causa disso, respondestes: "Porque o infinito, enquanto infinito, comporta, denota e manifesta imperfeição e não pode ser compreendido por nenhum intelecto." Teríeis a audácia de negá-lo?

VARCHI. Teria, se fosse falso, mas, sendo verdadeiro, confesso-o e acrescento que o disseste muito bem.

TULLIA. Deus seja louvado por eu vos ter pego uma vez! E confessastes com vossas próprias palavras.

VARCHI. Em que me pegastes? E o que confessei?

TULLIA. Confessastes que não existe nada que seja infinito. Por Deus, quereis desmenti-lo e negá-lo?

VARCHI. Eu não. Não tenho a intenção de vos negar o que é verdadeiro, mas não vejo em que fui pego.

TULLIA. Não dizíeis há pouco que Amor não tem fim?

VARCHI. Dizia.

TULLIA. E já não o dizeis?

VARCHI. Digo-o.

TULLIA. Ainda bem! Eu começava a duvidar. E dizíeis também que aquilo que não possui fim é infinito.

VARCHI. E ainda agora.

TULLIA. Portanto, não tendo fim, o Amor é infinito?

VARCHI. Necessariamente.

TULLIA. Como pode então o Amor ser infinito se não existe nada infinito? Não creio que isto exija muita lógica.

VARCHI. Nem eu.

TULLIA. Finalmente fazeis uma concessão!

VARCHI. Se soubesse que vos daria prazer, faria algo muito maior.

TULLIA. Não me dais prazer algum com isso, mas, ao contrário, desprazer, e eu vos levaria a mal. Acabaríeis vos rendendo, é o que vos digo! Mas, para dizer-vos a verdade, creio que, sendo prudente, quereis dar aquilo que não podeis vender. Argumentai, se tendes o quê. Pois sim! Desta vez eu também não vos deixei saída, tanto que não vos restou nenhum vão por onde escapar.

VARCHI. Quem busca apenas a verdade não se preocupa em escapar.

TULLIA. Agora vos tenho por homem verídico, que...

VARCHI. Não me considereis ainda como tal, pois se continuais a me ouvir e responder, vereis que não me restaram apenas vãos, mas janelas abertas e portas escancaradas; agora sim gostaria que me considerásseis verídico.

TULLIA. Que Deus me ajude em todas essas respostas! Tendes mais cordões do que tenho feixes. Mas temo que desta vez estais sendo muito presunçoso; desse modo, perguntai o que quiserdes que eu vos responderei o que sei.

VARCHI. Deus não é infinito?

TULLIA. Sabia que partiríeis por essa vereda, mas ela não vos será útil se não quiserdes fazer como frei Curradi[25] e ter duas faces como Jano.

VARCHI. Não tenhais medo: asseguro-vos que estou procedendo e procederei lealmente.

TULLIA. Dizei então: fazeis vossa questão como teólogo ou como filósofo?

VARCHI. Como quiserdes.

TULLIA. Dizei livremente: como a fazeis de fato?

VARCHI. Como filósofo.

TULLIA. Sinto-me tranqüilizada. Oh, como temia outra resposta! Agora concordareis comigo.

VARCHI. Já concordei convosco mil vezes! Mas por que fazeis tanto barulho e vos envaideceis desse modo?

---

25. O nome Curradi aparece várias vezes no *Decamerão*, de Boccaccio, mas a alusão permanece obscura.

TULLIA. Eu acreditava e acredito que Deus seja infinito, como afirmam os teólogos; mas sabia também que aqueles que professam o peripatetismo e que seguem Aristóteles, como imagino que seja vosso caso, dizem que Deus não é infinito, pois não existe nada infinito em lugar nenhum. Não é assim? Estais surpreso?

VARCHI. O que significa "surpreso"?

TULLIA. Significa que não podeis pensar em me vender gato por lebre, pois afirmastes que falais como filósofo e não como teólogo. E agora não adianta mais querer deixar os filósofos para vos refugiar junto aos teólogos.

VARCHI. E por que não adiantaria?

TULLIA. Pelo visto adivinhei vossa intenção.

VARCHI. Não a adivinhastes bem desta vez. Falei e falo enquanto peripatético e vos digo que falastes santamente; o que digo e penso é exatamente o que dizeis e pensais: o que mais quereis?

TULLIA. Fazeis sempre deste modo, mostrando que eu havia vencido primeiro, e depois, por último, acabo perdedora.

VARCHI. Não conheceis o provérbio florentino "quem começa ganhando acaba perdendo"?

TULLIA. Conheço também outro que diz: "São João não aceita enganação", e, portanto, não imagineis poder mostrar-me a lua no poço; pois, voltando ao ponto, segundo os peripatéticos, o infinito não existe. Sendo assim, sois vós o perdedor.

VARCHI. Este é um jogo em que jamais alguém perde.

TULLIA. Será então como a *ronfa de Valera*[26].

VARCHI. Se me tivésseis deixado jogar, teríeis visto que é exatamente o contrário, pois na *ronfa de Valera* ninguém jamais perdia, e neste jogo todos sempre ganham. De minha parte, preferiria

---

26. A *ronfa* é a antiga denominação do *picchetto*, jogo a ser disputado por duas pessoas e com trinta cartas; a *ronfa* também pode designar um jogo semelhante à *scopa*. No *Ercolano*, de Varchi, a *ronfa del Vallera* (com dois "l") indica uma situação em que os jogadores encontram-se empatados: vide a edição de M. Pozzi, *Discussioni linguistiche del Cinquecento*, Turim, Utet, 1988, p. 528.

perder neste jogo a vencer nos outros. Afirmo, portanto, que o equívoco, a troca de significado dos nomes e a incompreensão dos termos são a causa de muitos erros, porque quem não compreende as palavras jamais poderá compreender as coisas. E, sendo assim, os mestres deveriam nos advertir muito mais do que o fazem; e aqueles que falam deveriam sempre declarar no início o assunto do qual pretendem tratar[27]. Sabei que, a falar de maneira tão confusa e genérica como o fizemos, Deus, segundo os filósofos, é infinito.

TULLIA. Temo que procurais uma via por onde escapar e quereis pagar-me com conversas. Disse aquilo segundo os peripatéticos.

VARCHI. Também eu o digo; e quando digo "filósofos", entendo em geral os "peripatéticos".

TULLIA. Falo de Aristóteles.

VARCHI. Pois é de Aristóteles que falo.

TULLIA. Estou pasma.

---

27. Referência a Aristóteles, *Metafísica* T, 1006 a, 1072 b.

VARCHI. E eu, estupefato. Quem não sabe que Deus sempre existiu e sempre existirá?

TULLIA. Grande coisa! Todo o mundo sabe que, assim como Deus jamais teve princípio, assim não terá jamais fim.

VARCHI. Portanto, é infinito. O que dizeis?

TULLIA. Vós deixais meu cérebro dividido. Dai-me algum exemplo mais baixo e mais claro.

VARCHI. Segundo Aristóteles[28], o tempo não existiu sempre? E, segundo ele, aquilo que sempre existiu não pode ter fim. Portanto, sempre existirá; e aquilo que nunca teve princípio e jamais terá fim, não o chamaríeis de "infinito"?

TULLIA. Sim. Disso resulta, a meu ver, que o

---

28. Sobre a concepção aristotélica do tempo, vide sobretudo a *Física*, 206 a; 217 b. O tempo é "a quantidade do movimento em relação ao anterior e ao posterior" (219 b), ou ainda "a medida do movimento", seguindo a expressão que Tullia retoma algumas linhas depois; do mesmo modo que as grandezas e as quantidades, o tempo é infinito, considerando-se, no entanto, que esse infinito não é em ato.

movimento também é infinito, não sendo o tempo outra coisa senão a medida do movimento.

VARCHI. Boa resposta. E a magnitude também será infinita[29].

TULLIA. Isso não vos concederei tão facilmente, pois não o compreendo bem.

VARCHI. Onde há moto ou movimento, não há também aquilo que é móvel ou que se move?

TULLIA. Sem dúvida.

VARCHI. Se o movimento é eterno, conseqüentemente o que se move é eterno também.

TULLIA. Sim, senhor.

VARCHI. Portanto, se o movimento do céu é eterno, o céu também é eterno. E o céu é um corpo, e todo corpo é *quantum*, ou quantidade. Por conseguinte, a magnitude, ou grandeza, também é eterna[30].

---

29. O Estagirita (*Física*, 233 a) diz que se o tempo é infinito, a grandeza também é; mas sua demonstração é bem diferente da que Varchi propõe em seguida.

30. Sub-repticiamente, Varchi passou do "infinito" ao "eterno", pois afirmar que o céu é infinito seria contradizer

TULLIA. Não posso negar tais argumentos e sou obrigada a acreditar em vós. Porém, quando lembro quantas vezes, e por quais homens, ouvi dizer que, segundo Aristóteles, Deus não é infinito, isso me parece estranho. E peço-vos para me tirardes desse labirinto estendendo-me um fio, como Ariadne fez com Teseu.

VARCHI. Não há cordel melhor do que a lógica para vos tirar daí. Pois, sendo este nome "infinito" um termo equívoco, ou seja, tomado de várias maneiras e significando diversas coisas, inicialmente é preciso explicar qual significado tendes em mente. Isto feito, será simplesmente como se um grosso véu fosse retirado da frente de vossos olhos; mas, não fazendo isso, diz a verdade tanto quem afirma que Deus é infinito, segundo os peripatéticos, quanto quem o nega e afirma

---

expressamente Aristóteles, para quem nenhum corpo o é (*Tratado do céu*, 274 a - b); em compensação, mostra-se aristotélico ao dizer que o céu não pode ser criado nem alterado (*ibid.*, 283 b - 284 a).

que Deus não é infinito. E, por essa razão, Aristóteles nos dá uma regra: não se deve nunca responder a quem usa termos equívocos, mesmo se o significado pretendido for claro, antes que o próprio interlocutor os esclareça. É por isso que me recusei a vos responder no início, pois primeiro quis saber qual termo tínheis em mente.

TULLIA. Por que não o dissestes?

VARCHI. Porque estáveis quase a me dizer injúrias.

TULLIA. Fazei-o então agora.

VARCHI. Fico satisfeito. Considerando-se o fato de que este nome "infinito" significa várias e diversas coisas, em qual dos seus significados pensais?

TULLIA. Não me entendestes bem e vos equivocastes. Digo que sois vós a me esclarecer como e em quantos modos pode-se compreender esta palavra "infinito".

VARCHI. Isso seria como entrar no infinito. Mesmo assim, dir-vos-ei tudo o que me vem em mente e que venha a propósito da presente discussão.

"Finito" e "infinito" são propriamente paixões e acidentes da quantidade; e a quantidade consiste em dois tipos: uma contínua, que se chama "magnitude" ou "grandeza"; outra discreta, que se chama "abundância" ou "número"[31]. Considerando-se o infinito desse modo, não se encontra coisa nenhuma em nenhum lugar que seja infinito em ato; digo "em ato" porque, como nenhum corpo é infinito em ato, assim todos são infinitos em potência, uma vez que é possível dividi-los em infinitas partes e assim sempre ao infinito[32]. Porém, estamos falando do infinito em ato e não em potência.

TULLIA. Dizei-me uma coisa: as linhas não são uma quantidade contínua?

VARCHI. São.

TULLIA. No entanto, os matemáticos traçam linhas ao infinito.

---

31. Vide Aristóteles, *Metafísica* Δ, cap. XIII.

32. Varchi resume, à sua maneira, o livro III da *Física* de Aristóteles.

VARCHI. É verdade. Mas os matemáticos discutem segundo a imaginação e não segundo a natureza, e com a imaginação não se pode entender nem compreender tal infinito; mas eles dizem "ao infinito", ou seja, sem término preciso, para poder tomar aquela parte que convém ao seu propósito.

TULLIA. Por que não se pode conceber o infinito?

VARCHI. Porque o infinito é uma quantidade interminável, ou seja, uma grandeza sem término ou fim, da qual não se pode nunca tomar tantas partes que não restem infinitas outras; e por isso nossa mente e nosso intelecto se confundem interiormente.

TULLIA. Compreendo; no entanto, a quantidade discreta me parece infinita, pois jamais poderíeis dar-me um número tão grande que eu não possa aumentar, acrescentando ao mesmo um ou mais números.

VARCHI. Dizei-me: os números que acrescentareis serão finitos ou infinitos?

TULLIA. Finitos; mas acrescentarei tantos que formarão um infinito.

VARCHI. Isso é impossível, pois de coisas finitas não é possível jamais fazer infinito algum. De modo que o número não é infinito em ato, mas em potência; pois, como a quantidade contínua pode dividir-se e reduzir-se ao infinito, mas não aumentar-se, assim a discreta, ao contrário, pode crescer ao infinito, mas não diminuir.

TULLIA. O que direis do intelecto humano, que é ato e pode não apenas compreender, mas também transformar-se em todas as coisas, e por isso se denomina "possível", segundo o que li numa de vossas lições[33]?

---

33. Varchi comentava uma passagem célebre do tratado *Da alma*, de Aristóteles, 429 a (o mesmo que serviu de motivo às interpretações divergentes de Averróis e Santo Tomás): "Como na natureza inteira existem, de um lado, um princípio que exerce a função de matéria para cada tipo de coisa – e é o que as constitui em potencial –, e, de outro, um princípio causal e ativo que as produz – tal como a técnica em rela-

VARCHI. Vós mesma dissestes que ele é em potência todas as coisas, não em ato.

TULLIA. O que não impede que as chamemos de "infinitas", do mesmo modo como eu, por mim, chamaria de "infinita" a matéria-prima, que pode receber todas as formas.

VARCHI. A matéria não só não é infinita em ato, como não é nada. Poderíamos até chamá-la de "infinita" como o intelecto, ou seja, em potência, mas sem muita convicção.

TULLIA. O que direis do movimento e do tempo, que anteriormente chamastes como "infinitos"?

ção à matéria –, é necessário que na alma também se encontrem essas diferenças. De fato, *de um lado existe o intelecto capaz de transformar todas as coisas, de outro, o intelecto capaz de produzi-las,* como uma espécie de estado semelhante à luz: de certa maneira, a luz realmente também muda as cores do estado de possibilidade ao ato. E este intelecto permanece separado, sem misturas e impassível, constituindo um ato em essência. [...] Enquanto o intelecto passivo é corruptível." Tullia confunde os dois intelectos.

VARCHI. Que são infinitos em relação ao tempo ou, mais precisamente, à duração, mas sempre sucessivamente, de vez em vez, um após o outro, de modo que, dentro deles, a potência se mistura ao ato.

TULLIA. Bem vejo que esta matéria é infinita, mas ainda não entendo como Deus pode ser chamado de "infinito", como dizíeis anteriormente.

VARCHI. Não vos disse que o infinito, enquanto tal, ou seja, enquanto infinito, não pode ser concebido? Mas, se não me tivésseis interrompido, talvez me teríeis compreendido melhor. Além daqueles de que falamos, existe outro infinito que se chama "infinito de virtude" ou "de perfeição", conhecido pelos filósofos como "de energia" ou "de potência". Tanto que não há quem não diga que Deus seja infinito em relação ao tempo ou à duração, uma vez que Ele jamais teve início nem jamais terá fim; e, por conseguinte, Deus é considerado "infinito" também por parte dos peripatéticos. Porém, estes não querem que Deus seja infinito de perfeição e de virtude, nem, como diríamos nós, de valor; entre tantas outras razões, porque moveria o céu não em 24 horas, mas sem tempo, ou seja, num instante e de imediato; pois dentro de uma virtude e de uma perfeição infinitas existiria também uma potência infinita. No entanto, do mesmo modo que isso é verdadeiro para eles, é falso para a verdade, segundo o testemunho não apenas de todos os teólogos, mas também de muitos filósofos.

TULLIA. Estou muito convencida de tudo e sinto acender em mim um desejo tão grande que, se ainda tivesse tempo, gostaria, a todo custo, de aprender lógica e não me dedicar a outra coisa.

VARCHI. Faríeis mau negócio! Quem conhece apenas a lógica não conhece nada.

TULLIA. Mais essa! Parece que hoje estou renascendo. Não vos ouvi dizer que sem a lógica não podemos conhecer nada realmente, porque ela ensina a distinguir, em todas as coisas, o verdadeiro do falso e o bom do mau?

VARCHI. Sim, ouvistes, e é a pura verdade: quem não tem lógica e diz saber qualquer coisa, diz aquilo que não é e não pode ser.

TULLIA. Como resolveis então essa contradição?

VARCHI. Dizei-me: se não tivésseis nem esquadro nem régua, seríeis capaz de distinguir, apenas com o espírito, os traçados retilíneos daqueles que não o são?

TULLIA. Não, de modo algum.

VARCHI. E se dispusésseis de todos os esquadros e fios de prumo imagináveis, mas sem jamais utilizá-los, ousaríeis determinar qual o muro reto e qual o torto?

TULLIA. Não, senhor; mas a decisão dependeria de mim.

VARCHI. Também dependeria de vós se tivésseis mais lógica do que a já elaborada até hoje e não quisésseis aplicá-la nas ciências e servir-vos dela para aquilo que foi inventada. Mas deixemos isso de lado, principalmente porque ainda nos resta o que dizer acerca da questão que me propusestes.

TULLIA. A mim parece clara o suficiente, sem que me digais mais nada.

VARCHI. O que está claro?

TULLIA. Que Amor é infinito não em ato, mas em potência, e que não se pode amar com término; ou seja, que os desejos dos amantes são infinitos e que nada os aquieta; depois desta, querem outra coisa, e, depois daquela, uma outra e assim por diante, sucessivamente. E nunca se contentam, como testemunha Boccaccio de si mesmo no princípio de suas *Cem novelas*[34]. Sendo assim, os amantes ora choram, ora riem, ou melhor (o que, além de maravilhoso, é impossível aos outros homens), choram e riem ao mesmo tempo; têm esperança e temor; sentem muito calor e muito frio; querem e não querem igualmente, abraçando sempre tudo sem jamais segurar nada; vêem sem olhos; não possuem ouvidos e ouvem; gritam sem palavras; voam sem se me-

---

34. De fato, Boccaccio evoca em seu prefácio ao *Decamerão* "essas chamas vorazes, e o desejo irrefreável que inflamou sua paixão, que recusava a meu coração toda alegria à qual se pode aspirar decentemente, e que tantas vezes foi a origem de minhas dores, muito vivas para forças muito fracas".

xer; vivem morrendo e, finalmente, dizem e fazem todas aquelas coisas que todos os poetas escrevem a seu respeito, sobretudo Petrarca, ao qual ninguém pode nem deve comparar-se nos afetos amorosos.

VARCHI. É bem verdade. Mas quem não os experimentou ou experimenta, como o fiz, faço e farei sempre,

se bem conheço a mim e ao meu desejo[35],

não apenas não pode crer-lhes, como ri deles. E conheci quem os tenha vivido e depois os criticou em outros; e, crendo que não poderiam nem deveriam apaixonar-se novamente, recaíram de forma ainda pior, como punição a sua soberba, ou melhor, a sua ingratidão. Amor é um deus, e um grande deus é Amor; e aqueles que mais souberam ou puderam mais lhe têm sido fiéis e obe-

---

35. *Se ben me stesso e mia vaghezza intendo*: Petrarca, *Rimas*, CCLXX ("Amor, se vuo' chi'i' torni..."), verso 24.

dientes; bem o sei e disso posso dar testemunho tão amplo quanto verdadeiro. E se não tivesse sido como foi! Ou melhor, se o presente não fosse como é! Não viveria infeliz, não me chamaria de mísero, não morreria mil vezes a cada hora, como faço e farei para sempre, sucessivamente, pois Amor não tem nenhum término nem fim e, por se nutrir da mente alheia, nunca demonstra estar cansado ou farto. Porém,

> Dor, por que me desvias
> do caminho a dizer o que não quero[36]?

Vós me esclarecestes aquilo de que eu não duvidava, ou seja, que sabíeis muito bem a solução para tal questão. Embora em minha mente ainda restem algumas dúvidas.

TULLIA. Se é como dizeis, que eu disse o correto, lamento muito, pois gostaria que a verdade

36. *Dolor, perché mi meni/ fuor di camino a dir quel ch'io non voglio?:* Petrarca, *Rimas*, LXXI ("Perché la vita è breve..."), versos 46-47.

fosse bem diferente daquilo que disse, e que o amor tivesse término. De modo que, se sentis de outra maneira, dizei todavia, pois me encontrareis muito disposta a ouvir-vos e muito desejosa de ser persuadida do contrário. E não vos preocupeis com estes outros, pois são coisas que tocam a todos em geral, e todos o ouvem com prazer. E nos surpreendereis ainda mais do que quando acreditávamos todos que soubésseis discutir melhor qualquer outro assunto que Amor, e que teríeis mais prazer em falar de qualquer outra coisa, uma vez que não é essa vossa profissão e que mostrais uma natureza mais severa do que o contrário.

VARCHI. O que mostro ou não mostro, não vos sei dizer. Mas posso vos dizer que, se sei alguma coisa, e bem sei o quanto é pouca, esta é uma, aliás, a primeira. Pois todas as outras me foram ensinadas pela voz de homens vivos ou pelos escritos dos mortos. Esta apenas aprendi dos deuses, ou seja, da natureza e de Amor, por meio de uma contínua e longuíssima experiência; pois, podemos dizer que, desde o dia em que nasci, tomou-me Amor pouco antes das faixas até hoje, quando já passei as quatro décadas há mais de dois anos, e nunca deixei de amar, nem nunca deixarei; o que faz com que eu sempre pense e sempre queira falar dele. E aquele que sabe que o Amor está em toda parte e governa todas as coisas reconhece que jamais se possa falar dele tanto e tão honrosamente que não mereça muito mais, sem nenhuma comparação.

TULLIA. Para dizer a verdade, eu vos considerava como tal e cheguei a demonstrá-lo, não obstante muitos outros não acreditassem e quisessem me persuadir do contrário. Mas, dizei-me: por que não falais disso com mais freqüência, se não sempre?

VARCHI. O fato é que este nosso século trocou em grande parte o nome das coisas e deu o de "amor", que é o mais nobre que se pode encontrar, quase à coisa mais vil que existe. De modo que, para a maioria, basta ouvir dizer que alguém está apaixonado para logo fazer péssimo juízo dele, sem querer saber de mais nada, tomando-o por homem vicioso e, no mínimo, como pessoa leviana e de pouca inteligência; e como a palavra "filósofo" não tem hoje, junto à maioria, o prestígio que deveria, se ainda acrescentássemos "apaixonado", não haveria homem de tão pouco engenho que não se sentisse no direito de repreendê-lo ou de troçar dele injustamente.

TULLIA. Disseram-me que quereis ser filósofo, mas que não o sois[37].

---

37. Os *studia humanitatis*, que o *umanista* ensina ou aprofunda, compreendem em geral a gramática, a retórica, a poesia, a história e a filosofia moral. A figura do humanista também se aproxima, mas de forma distintiva, da figura do filósofo; Bembo, por exemplo, escreve ao seu amigo Angelo Gabriele (em 1500) que "Philosophum me non audeo dicere". É a mesma distinção, assinalada por E. Garin (*Medioevo e Rinascimento*, 2. ed., Bari, 1961, p. 7, n. 2), entre as palavras *umanista* e *phylosopho* num documento do *Studio* de Pisa, datado de 1525.

VARCHI. Com certeza, quem afirmou isso ou está equivocado, ou não sabe o que "filósofo" realmente quer dizer.

TULLIA. Mas deveriam saber, com o preceptor que tiveram! E sei-o eu que sou mulher! Mas como é possível que escreveis versos em que se fala de amor e não tomais muitas precauções? Quem compartilhar daquela natureza ou partilhar de tais costumes escarnecerá de vós e vos repreenderá igualmente.

VARCHI. Talvez isso já me tenha ocorrido uma vez. E se me tivesse sido tão útil quanto foi prejudicial!

TULLIA. Por quê?

VARCHI. Porque quem escreve sonetos, entre outras coisas, é visto como alguém que só sabe

Para uma especificação a respeito do sentido do termo "(h)umanista" no século XVI, vide P. F. Grendler, "The Concept of Humanist in Cinquecento Italy", em A. Molho e J. A. Tedeschi (org.), *Renaissance Studies in Honor of Hans Baron*, Northern Illinois University Press, Florença, Sansoni, 1971, pp. 445-64.

fazer isso e, portanto, que não é bom em nada; e chamam-no de "poeta", pensando que este nome convenha a qualquer um que faça versos, como se não significasse nada além de um homem de banalidades e frivolidades, para não dizer tolo e mentecapto.

TULLIA. Então por que os escreveis?

VARCHI. Porque penso de outra maneira. E gostaria de ter aprendido a escrevê-los, mas, sabendo já há muitos anos que esta arte não era para qualquer pessoa e que requer, além do engenho e do juízo, o conhecimento de infinitas coisas, acabei desistindo e nunca mais os fiz depois de ter experimentado os do monsenhor Bembo[38], tanto por

---

38. As *Rimas*, de Bembo, compreendem, entre outros, as *Stanze*, compostas durante o carnaval de 1507 (a respeito do tema da onipotência do amor), e sonetos de inspiração petrarquista; mas Varchi pode ter "provado" os inúmeros poemas inseridos nos *Asolani*. Vide a edição de C. Dionisotti, *Prose della volgar lingua. Gli Asolani. Rime*, Milão, TEA, 1989 (1. ed., Turim, Utet, 1966).

necessidade quanto por dívida. E se eu tivesse acreditado que conseguiria, não teria dado atenção ao falatório das pessoas, como não o fiz em relação a outras coisas; pois, como eles mesmos dizem, quando não se ofende ninguém além de si próprio, cada um deve poder fazer aquilo que julga melhor para ter sucesso, uma vez que nem todos os homens estimam os bens ou a honra igualmente e do mesmo modo. Quem não deseja ser censurado em nada, não deve fazer nada.

TULLIA. Mas que opiniões estranhas! Por acaso essas pessoas não sabem que Petrarca é, sem nenhuma comparação, mais prezado e estimado pelos versos do que por outra coisa?

VARCHI. Por acaso pensais que essas pessoas consideram Petrarca? Mas agora mudemos de assunto.

TULLIA. Por favor:

querer isso ouvir é baixo querer[39].

39. *Ché voler ciò udire è bassa voglia* (em Tullia: *che ciò volere udire...*): é com essas palavras que Virgílio dissuade Dante de

E como disse Dante a respeito dos desaventurados,

> não faça caso deles, olha e passa[40].

Mas fale-me daquelas questões que evocáveis há pouco.

VARCHI. Estava brincando.

TULLIA. Não brincáveis, não, pois bem vos conheço. Além do que, vós mesmo dissestes várias vezes que não brinqueis jamais em tais assuntos.

VARCHI. Finalmente chegastes à conclusão de que o Amor é infinito, de modo que não se pode amar com término, não obstante os amantes possuam sempre novos desejos e nunca se conten-

---

prestar atenção numa discussão entre os condenados (*Inferno*, XXX, 148).

40. *Non ragioniam di lor, ma guarda e passa* (modificado por Tullia em *non ragionar...*): este verso célebre foi extraído da resposta de Virgílio a Dante, que o interroga a respeito das "multidões dolorosas", cujos lamentos ele ouve na entrada da "cidade dolente" (*Inferno*, III, 52).

tem de nenhum fim sem desejar algo além dele. Não é verdade?

TULLIA. Muito verdadeiro.

VARCHI. Em relação à vossa conclusão, argumento agora do seguinte modo: "Todos os agentes racionais, ou seja, que agem conscientemente, fazem tudo o que fazem com o objetivo de alcançar um fim."[41] O que dizeis a respeito dessa proposição?

TULLIA. Aprovo-a, porque sei que é de Aristóteles, mas gostaria de saber a razão.

VARCHI. A razão é que nada se move por si mesmo para fazer coisa alguma, mas é necessário que seja movido por alguém; e a "finalidade é aquilo que move o agente"[42], diz o filósofo.

---

41. Tradução aproximada de Aristóteles, *Metafísica* A, 994 b, em que a causa final é apresentada como princípio de movimento (vide também o início da *Ética a Nicômaco*). Só se age racionalmente com vistas a algum resultado, que é o limite ao qual se chega; não há nenhuma série que seja infinita.

42. Desta vez, Varchi refere-se sobretudo à *Física*, de Aristóteles, 255 b - 256 a.

TULLIA. Acredito, pois é o filósofo quem o diz, mas gostaria de saber a razão disso também.

VARCHI. Sei que não desejais avançar sem ser conduzida. A razão é que nenhuma coisa pode agir por si mesma, nem realmente, nem espiritualmente, mas precisa de um agente extrínseco, ou seja, que esteja fora dela e a movimente.

TULLIA. Também acredito nisso. E disso também vos perguntaria a razão, mas temo vos enfadar ou parecer muito importuna. Do contrário, iríamos ao infinito.

VARCHI. Não temais este último, pois em tudo se chega a um início e a um primeiro princípio, que por si só já é conhecido. De modo que, sendo o primeiro, não possui nada à sua frente e, sendo conhecido, não precisa ser explicado[43]. E não há coisa que vos agrade que me possa ser enfadonha. E nunca me parecerá importuno quem procura saber as razões das coisas, porém muito negligente quem não o faz.

---

43. Varchi se refere ao primeiro livro da *Metafísica*, de Aristóteles, e aos *Segundos analíticos*, 72 a.

TULLIA. Dizei-me, então, por que nada move a si mesmo.

VARCHI. Porque o resultado seria uma incongruência impossível, isto é, que uma mesma coisa fosse o movente e o movido ou, se preferis, o que faz e o que é feito.

TULLIA. E por que isso é "incongruente" e "impossível"?

VARCHI. Estais me colocando à prova. Porque uma única coisa estaria, ao mesmo tempo, em ato e em possibilidade, o que é simplesmente impossível.

TULLIA. Sempre tendes mil razões. Mas não sei como esta razão valeria para o primeiro princípio[44].

VARCHI. Valeria para ele também. Porém, não nos elevemos tão alto por enquanto. Concordais comigo que quem age, age por algum fim?

---

44. Para Aristóteles, o primeiro motor (ou movente) é "algo de eterno, que é substância e ato" (*Metafísica*, 1072 a); ele não salienta mais a mecânica, mas a teologia. Imóvel, ele move sem ser movido.

TULLIA. Concordo.

VARCHI. Acrescento também, segundo outra proposição de Aristóteles, que "todas as coisas que agem por algum fim, tão logo atingem tal fim, cessam e deixam de agir".

TULLIA. Parece razoável, pois, de outro modo, ir-se-ia ao infinito. Mas a que vem isso? Na minha opinião, dizeis coisas verdadeiras, porém, fora de propósito.

VARCHI. Vós as compreendereis em breve. Ocorre que quem deseja uma coisa, basta obtê-la para não a desejar mais.

TULLIA. Começo a compreender-vos e vejo aonde quereis chegar, mas acho que não é desta vez que conseguireis. Concluí.

VARCHI. Já concluí muito bem, pois toda vez que me concedestes as duas premissas (é assim que os lógicos chamam a proposição maior e a menor, das quais se faz o silogismo), fostes obrigada, queríeis ou não, a conceder aquilo que delas resulta, ou seja, a conseqüência.

TULLIA. Inferi, portanto, e apresentai essa vossa conseqüência.

VARCHI. Se todos os amantes têm algum objetivo, e quem atinge o próprio objetivo deixa de se mover, isto é, de agir, resulta, necessariamente, que todos os amantes que atingem o próprio fim se satisfazem e deixam de amar.

TULLIA. Não se pode negar.

VARCHI. Sendo assim, o Amor tem fim e será possível amar com término, o que faz com que a conclusão tirada antes por vós deixe de ser verdadeira.

TULLIA. Tirei uma conclusão que exige pouco esforço e que qualquer um poderia tirar, mas vós enunciastes as premissas em que reside tudo. E não penseis que falo desta forma porque tenha mudado de idéia e não me pareça verdadeira, mediante vossa objeção, pois eu a tenho por muito verdadeira. Melhor, tendo chegado a ela por meio de demonstração, não posso deixar de crê-la e mudar de idéia, pensando que possa ser de outro modo, se outras vezes me dissestes a verdade. Pois, quem conhece uma coisa demonstrativamente e por ciência não pode jamais mudar de idéia e não acreditar nela. Por conseguinte, sendo a primeira verdadeira e esta também, sou obrigada a considerar ambas corretas. E foi o que fiz ao vos responder que nenhum amante atinge seu fim; pois, se o atingisse, seria necessariamente verdadeiro o que concluístes.

VARCHI. Falastes corretamente e procedeis não apenas com ordem, mas com doutrina. No entanto, penso que não seja necessário muito esforço para vos provar aquilo que todos já conhecem e que vós mesma admitistes há pouco, quando dissestes que muitos, antigos e modernos, amaram primeiro e depois abandonaram o amor; de tantos, pode-se acreditar que ao menos um gozasse aquele prazer que, como diz Boccaccio, nenhum é maior no amor.

TULLIA. Desta vez, dareis com a foice nos próprios pés.

VARCHI. Não serei o primeiro a flechar os próprios pombos; mas dizei por quê.

TULLIA. Porque este nome "amor", designando várias maneiras de amor, é nome equívoco; e vós não me perguntastes anteriormente de qual eu estava falando.

VARCHI. Parabéns, senhora Tullia! Vós me pegastes!

TULLIA. Pior para vós.

VARCHI. Que seja. Mas agora sou eu quem vos interroga.

TULLIA. E agora vos respondo, e digo, deixando de lado tantas outras distinções possíveis, que o amor conhece duas razões: uma chamaremos de "vulgar" ou desonesta, e a outra, de "honesta" ou virtuosa. A desonesta, encontrada apenas em homens vulgares e plebeus, ou seja, naqueles de espírito baixo, vil e sem virtude ou nobreza, sejam eles quem forem, de linhagem baixa ou alta, é gerada pelo desejo de gozar a coisa amada; e seu fim é o mesmo dos animais selvagens, ou seja, de sentir prazer e gerar algo semelhante a si próprio, sem pensar ou se preocupar com outra coisa. Quem é movido por esse desejo e ama com tal amor, tão logo chega aonde desejava e satisfaz sua vontade, cessa seu movimento e deixa de amar; e com freqüência, ou por ter reconhecido o próprio erro, ou por lamentar o tempo e o esforço gastos, transforma o amor em ódio. E não era disso que eu estava falando.

VARCHI. Acredito plenamente em vós, pois bem sei que a altivez do vosso espírito tão nobre não desceria tão baixo, a ponto de vos fazer pensar em discutir coisas tão vis. Mas, continuai.

TULLIA. O amor honesto, que é próprio dos homens nobres, ou seja, daqueles que possuem o espírito nobre e virtuoso, sejam quem forem, pobres ou ricos, não é gerado pelo desejo, como o outro, mas pela razão; e tem como fim principal transformar-se na coisa amada, com desejo que ela se transforme nele, de modo que os dois tornem-se um único ou quatro[45]. Tal transformação

---

45. A transformação espiritual dos amantes foi explicada sobretudo por Ficino, em seu comentário sobre *O banquete*, e por Leão, o Hebreu, cuja fórmula a seguir resume a aritmética amorosa: "Cada um, ao se transformar no outro, transforma-se em dois, que são o amante e o amado; e duas vezes dois

foi discutida muitas vezes e com muita elegância tanto pelo senhor Francesco Petrarca, quanto pelo reverendíssimo cardeal Bembo. E por que só pode dar-se espiritualmente, segue-se que em tal amor apenas os sentidos espirituais têm lugar principal, ou seja, a visão e a audição, e mais ainda a fantasia, como a mais espiritual[46]. É bem verdade que o amante, além dessa união espiritual, também deseja a união corporal para poder tornar-se, o mais que possa, um único ser com a coisa amada; mas como não consegue tornar-se tal, por não ser possível que os corpos penetrem-

são quatro; de maneira que cada um deles é dois, e todos os dois são um e quatro" (*Dialoghi d'amore*, S. Caramella (org.), Bari, Laterza, 1929, p. 222). Na França, essa idéia será apreciada por Honoré d'Urfé e pelos pastores de seu *Astrée*.

46. Vide, por exemplo, *O sofista* (264 b), de Platão. Para Aristóteles (*Da alma*, 428 a - 429 a), ao contrário, a imaginação não é nem sentido, nem sensação, mesmo se "não se pode produzir sem a sensação, nem pertencer aos seres insensíveis".

se inteiramente um ao outro, jamais poderá satisfazer esse seu desejo e assim não atinge jamais seu fim e, portanto, não poderá amar com término, como concluí anteriormente. Embora pudéssemos dizer infinitas coisas a respeito desses dois amores, a mim basta ter mencionado aquelas que são suficientes para demonstrar que minha conclusão estava corretíssima.

VARCHI. Agrada-me muito tudo o que dissestes e vós me preenchestes de uma brandura inefável. E embora me nasçam algumas dúvidas a respeito, são dúvidas ligeiras; e sobretudo agradou-me ver que não apenas lestes Filone[47] [Leão

---

47. Filone é um dos interlocutores dos *Dialoghi d'amore*, de Juda Abravanel, mais conhecido pelo nome de Leone Ebreo (Leão, o Hebreu). Essa personagem, que geralmente era identificada com o autor, estabelece com Sofia três diálogos respectivamente consagrados às relações entre o amor e o desejo, à universalidade do amor e, finalmente, à sua origem, combinando doutrinas aristotélicas, árabes e sobretudo judaicas com a tradição platônica. Publicada em 1535,

Hebreu], mas também que o compreendestes e conservastes na mente.

TULLIA. Pois bem! Pela afeição que tendes por mim, uma vez que entrastes em Filone, dizei-me vossa opinião e o juízo que fazeis dele.

VARCHI. Por favor, não me forceis a isso, pois sabeis que cada um possui suas opiniões e vaidades.

TULLIA. É justamente o que quero saber.

VARCHI. Não leveis em consideração, se me amais.

TULLIA. Por quê?

em Roma, essa obra conheceu 35 edições no século XVI, das quais uma tradução francesa de Pontus de Tyard. Atualmente é possível consultar a edição citada na nota 44; e, quanto aos comentários, S. Damiens, *Amour et intellect chez Léon l'Hébreu*, Toulouse, Privat, 1971; A. Soria Olmedo, *Los 'Dialoghi d'amore' de Leon Hebreo: aspectos literarios y culturales*, Granada, 1984; M. Ariani, *Imago fabulosa: Mito e allegoria nei 'Dialoghi d'amore' di Leone Ebreo*, Roma, Bulzoni, 1984; B. Garvin, "Yehuda Abravanel and Italian Jewry", *The Jewish Quarterly*, 4, 1992-1993.

VARCHI. Porque falo livremente e só consigo dizer aquilo que compreendo, e hoje não se usa nem é necessário fazer-se assim; de modo que, se mais tarde ficassem sabendo, bem sei o que muitos diriam.

TULLIA. Quanto mais me negais, mais me cresce a vontade disso. Estamos entre nós e daqui não sairá coisa alguma que se diga. Podeis falar, por cortesia.

VARCHI. Já que entrei no baile, é preciso dançar. De todos aqueles que li, tanto os antigos quanto os modernos, e que escreveram sobre o Amor não importa em qual língua, Filone agrada-me mais do que todos e é com quem sinto ter aprendido mais; pois, a meu pouco juízo, era quem tratava o assunto não apenas de maneira mais geral, mas com maior verdade e, talvez, doutrina.

TULLIA. Chegastes a ler Platão e o *Convívio*, do senhor Marsílio Ficino[48]?

---

48. O *Symposium*, de Ficino (1469), penetrante comentário a respeito da teoria platônica do eros – interpretada nu-

VARCHI. Sim, senhora, e ambos me parecem milagrosos, porém Filone me agrada mais, talvez porque eu não compreenda os outros.

TULLIA. Que bela homenagem!

VARCHI. Sim, se tivesse sido feita por alguém que tivesse juízo para sabê-lo julgar, e se os outros não tivessem escrito antes de Filone.

TULLIA. Basta; eu também era da mesma opinião, mas depois não sei quem me explicou que Filone afirmava algumas coisas que não eram peripatéticas[49], e por isso não o quis ler.

VARCHI. Fizestes muito mal. Em Platão também há coisas que não são peripatéticas. E depois,

---

ma perspectiva cristã –, marcou profundamente a ética e a teoria da arte, bem como a teoria do conhecimento. Vide particularmente A. Chastel, *Marsile Ficin et l'art*, Genebra, Droz, 1975; E. Cassirer, *Individu et cosmos dans la philosophie de la Renaissance*, tr. fr., Paris, Minuit, 1983; I. P. Couliano, *Eros et image à la Renaissance*, Paris, Flammarion, 1984.

49. Em algumas páginas do segundo diálogo, por exemplo, em que Filone e Sofia criticam duramente a "arrogância" do racionalismo aristotélico (ed. cit., pp. 101-3).

quem quer julgar um livro deve observá-lo no que ele possui de mais completo e melhor. Mas deixemos que cada um entenda a seu modo e concedamos aos outros o que queremos que nos seja concedido, isto é, dar livremente a nossa opinião. Pois, quem faz assim, não engana quem não quer ser enganado, sendo que cada um tem a liberdade de não querer acreditar nele, se for entendido nisto, ou de pedir a opinião de outro, se não o for. E quanto àquele que acredita ser entendido, é como se o fosse no que diz respeito a ele mesmo e seria loucura, talvez, tirá-lo daquele erro no qual se compraz. Lembro que muitos escreveram sobre o Amor, e muito; alguns com erudição, alguns com elegância, alguns com uma e outra, mas coloco Filone acima de todos, embora em algumas coisas, sobretudo quando entra nas coisas da fé judaica, mais o desculpe do que o aprove. Nem falo aqui daqueles que falaram do Amor não enquanto tal, mas como o conheceram ou gostariam que fosse, descrevendo não a sua natureza, mas a deles próprios ou a de suas mulheres. Mas discutiremos esse assunto em outra ocasião, pois de Amor não se pode falar tanto que não reste ainda muito a dizer, e eu, por mim, nunca me sentirei nem cansado, nem satisfeito em relação a esse assunto, porém não quero enfastiar a vós todos.

TULLIA. Parece que não vos conheceis. Vós nos surpreendestes. Como destes tantas justificativas, cheguei a pensar que quisésseis criticar Filone; depois, quando vos ouvi elogiá-lo tanto, tive a certeza – e apreciaria se estes outros senhores fizessem o mesmo – de que queríeis chegar a outro lugar.

VARCHI. Aonde?

TULLIA. Dizeis "aonde"? Nos *Asolani* do reverendíssimo Bembo, e não nos *Dialoghi* de Filone.

VARCHI. Por que pensastes isso?

TULLIA. Porque, além de a primeira obra merecer todos os elogios de todos os homens, aqui não há quem não saiba da afeição que, há tantos anos, cultivais por Sua Senhoria reverendíssima.

VARCHI. Guardo afeição e reverência infinita não a Bembo, mas à sua bondade; não é Bembo que adoro e admiro, mas suas virtudes, às quais nunca elogiei tanto que não me pareceu haver dito pouco. E não nego que os *Asolani*, que exaltei mil vezes[50], são belíssimos e que à sua grande doutrina se ajunte um juízo grandíssimo e uma eloqüência milagrosa, mas Filone teve outro propósito; nos casos de amor, acho que talvez se possa dizer muito mais, e certamente num estilo mais elegante, porém, não creio que melhor[51]. Mas, por favor, que ninguém fique sabendo disso fora daqui e que não corram rumores de que eu tenha criticado ou me rebelado contra Bembo.

50. Mas o elogio não vinha sem restrição: "Se nos três livros dos *Asolani*, do senhor Pietro Bembo, a doutrina [...] estivesse à altura da eloqüência, eu não temeria afirmar que a língua toscana teria tido seu Platão" (*Lezzioni*, 1590, p. 352).

51. De fato, o Varchi "histórico" exprimiu várias vezes sua admiração por Leão, o Hebreu; especialmente em *Opere*, Trieste, 1859, vol. II, pp. 535-6.

TULLIA. Não temais. Mas tornemos à nossa conversa e dizei-me quais são as dúvidas que tendes a respeito do que eu disse.

VARCHI. Não vos disse que são de pouca importância? E ademais, temo tê-las esquecido, além de que já é tarde. Receio aborrecer estes gentishomens e, por falta de tempo, não ouvir os outros presentes que não pronunciaram uma palavra durante todo o dia.

TULLIA. Não penseis em tantas coisas nem tenhais tantas considerações, pois estamos todos de acordo assim. Continuai, vamos!

VARCHI. Não vos negarei mais nada, pois, de todo modo, sempre vos acabo cedendo em tudo. Primeira coisa: não entendo por que razão vós criticais e chamais de "desonesto" aquele amor comum a todos os seres animados – falo daqueles inferiores; na verdade, é o seu modo próprio, pois são feitos mais para isso do que para outra coisa. É o que vemos nas ervas e nas plantas, que têm alma vegetativa, e em todos os animais selvagens que, além da vegetativa, possuem a sensitiva; e também nos homens que, além da vegetativa e da sensitiva, possuem uma alma racional ou intelectiva[52]. Porque Aristóteles disse que um homem que não pode mais gerar deixa de ser homem, pois não consegue fazer aquilo que, para fazer, foi produzido pela natureza[53]. Depois, não sei o que diríeis daqueles que amam os jovens rapazes, cujo objetivo manifestamente não pode ser o desejo de gerar um ser semelhante a eles. Além disso, não parece verdadeiro o fato de que todos aqueles que amam de amor vulgar e lascivo deixem de amar tão logo seu desejo é satisfeito; ao contrário, há muitos que se inflamam ainda mais. Estas três dúvidas me bastam, por enquanto, no que concerne à primeira espécie de amor.

TULLIA. Não são nem um pouco fáceis e de pouca importância essas dúvidas, ao contrário do

---

52. A repartição das faculdades da alma nas espécies vivas é extraída de Aristóteles (*Da alma*, 414 a - b).

53. Possível alusão à *Geração dos animais*, de Aristóteles, 731 b.

que pensáveis. Sei que estais examinando tudo minuciosamente, mas vos responderei da maneira que sei. Quanto à primeira, digo que sei bem que daquelas coisas que nos vêm pela natureza não podemos ser criticados nem elogiados; por isso, nem nas plantas nem nos animais tal amor pode ser criticado, ou chamado de lascivo ou desonesto, e nem mesmo nos homens; ao contrário, pode e deve ser louvado. E tanto mais nos homens, quanto esses produzem coisas mais perfeitas e mais dignas do que as produzidas pelas plantas e pelos animais; contanto que tal apetite não seja desenfreado e excessivo, como muitas vezes observamos nos homens, que possuem livre-arbítrio, o que não ocorre nas plantas e nos animais, não porque são animais, como já dizia certa imperatriz, mas porque são guiados por um intelecto que não erra. Portanto, assim como ninguém pode ser repreendido por comer ou beber – ao contrário, merece ser elogiado, pois mediante tais ações restaura o calor natural e a umidade radical que nos mantêm vivos –, merece ser enaltecido, e não censurado, aquele que gera um ser semelhante a si próprio e que se conserva ao menos em sua espécie (visto que não pode conservar-se no indivíduo, ou seja, em si mesmo). Porém, do mesmo modo que merece não apenas repreensão, mas castigo aquele que come e bebe mais do que deve ou fora de lugar e de tempo – tanto que acaba sendo prejudicado por aquilo que lhe deveria ser útil –, assim, muito mais, merece castigo e repreensão quem se entrega sem nenhuma regra ou medida aos apetites carnais, submetendo a razão, que deveria ser soberana, aos sentidos, e passando, em pouco tempo, do estado de homem racional ao de animal selvagem. A propósito, isso não vos faz lembrar daquele santo eremita de Lavinello[54], que dizia que

---

54. Citação aproximada dos *Asolani*, de Bembo (ed. cit., pp. 487-8), em que Lavinello é um dos interlocutores. Na terceira parte do diálogo, ao defender contra o melancólico Perottino e o eufórico Gismondo uma idéia filosoficamente mais exigente do amor, ele cita num longo discurso as deli-

a natureza nos teria tratado muito mal e teria sido pior do que uma madrasta, se tivéssemos sempre de arriscar nosso capital para perder e jamais para lucrar? Pois, se os animais nunca se transformam em plantas, como nós nos transformamos em animais, estes também não podem, por nenhum meio, transformar-se em homens, como nós nos transformamos em anjos, por meio do amor. Por conseguinte, assim como as críticas jamais serão poucas àquele que, mediante o amor desonesto, se rebaixa da condição de homem, que é tão perfeito, à dos animais selvagens, não pode ser elogiado como merece aquele que, mediante o amor divino, se eleva da condição de homem à dos deuses. Mas o que resta a dizer sobre esse assunto, uma vez que foi tratado com tanta sabedoria e elegância por aquele homem realmente divino? Não há uma vez em que leio

berações de um eremita encontrado na montanha: com argumentos amplamente retirados do neoplatonismo, este santo homem expõe com eloqüência a doutrina do amor divino.

as palavras daquele santo eremita que não me sinta, não sei por qual meio, toda erguida da terra e transportada ao céu entre sons e cantos tão doces, com tanta alegria e surpresa que eu mesma não saberia contá-la, nem fazer acreditar quem não a provou.

VARCHI. Senhora Tullia, não vos preocupeis em fazê-lo, pois o mesmo ocorre comigo, e talvez ainda mais.

TULLIA. Sei o quanto entendeis mais e experimentais melhor.

VARCHI. Não o digo por isso.

TULLIA. Eu é que o digo assim. Mas, vindo à vossa segunda questão, penso que aqueles que amam os jovens rapazes de maneira lasciva não seguem os ordenamentos da natureza e merecem aquele castigo previsto não apenas pelas leis canônicas e divinas, mas também por aquelas civis e humanas. Custo a crer que quem tem por hábito um vício tão feio, perverso e nefando, ou por arte ou por costume, seja homem. E gostaria que me désseis vossa opinião a respeito, pois bem sei que com os gregos ocorria justamente o contrário, e que Luciano escreveu um diálogo em que exalta tal vício, e o mesmo fez Platão[55].

VARCHI. Não pretendo adiar a questão, mas responder-vos agora, porque estais misturando as cepas com os cutelos e cometeríeis um grande erro se quisésseis comparar Luciano a Platão, ou se pensásseis que Platão chegou a elogiar uma perversidade tão sórdida. Por Deus, tirai de vossa mente essa idéia tão horrenda, ou melhor, um pecado tão grave, indigno não apenas de vosso ânimo tão cortês, mas também de qualquer outro mais vil.

TULLIA. Perdoai-me. Tinha ouvido dizer que Sócrates e Platão não somente amavam os jovens rapazes publicamente, mas que também se vangloriavam de tal fato e escreviam diálogos a res-

55. Tullia refere-se à obra *Amori*, de Luciano (cuja atribuição chegou a ser contestada algumas vezes), e, quanto a Platão, sobretudo à obra *Lísis*, em que se discute a "tendência do semelhante em relação ao semelhante".

peito, como ainda se vê em *Alcebíades* e *Fedro*, em que falam muito amorosamente de amor.

VARCHI. Não nego que Sócrates e Platão tenham amado os jovens rapazes publicamente, se vangloriassem disso e escrevessem os diálogos, falando de amor muito amorosamente; mas afirmo que não os amavam para aquele efeito pensado pelo vulgo, e que vós também pareceis imaginar. Não conheço ninguém que o diga mais amorosamente do que Salomão em seu *Cântico*[56].

TULLIA. Passarei a acreditar no que afirmais. Mas dizei-me: eram eles amantes?

VARCHI. Como, se eles eram amantes! Amantíssimos.

TULLIA. Então desejavam gerar um ser semelhante a eles?

VARCHI. Tendes alguma dúvida?

TULLIA. Não sei o que vos responder, pois vós sempre me fazeis objeção; no entanto, sei que,

---

56. Surpreendente neste contexto, a referência ao *Cântico* de Salomão certamente deve mais ao ensinamento de Leão, o Hebreu do que ao da Igreja católica.

neste caso, não podiam atingir seu fim e que ninguém pode desejar racionalmente aquilo que não pode existir e que não se pode obter.

VARCHI. Das outras vezes vós me parecestes mais perspicaz, e não apenas de melhor juízo, mas de inteligência, do que hoje. Temo que vós todos combinastes ou tramastes alguma coisa para ver como me saio. E o silêncio de todos diante de nossa conversa me dá certeza disso. Pois sei que vós sabeis que as almas, assim como os corpos, ou de maneira até mais intensa, desejam gerar quando grávidas; de modo que Sócrates e Platão, cujas almas eram repletas de toda bondade, plenas de toda sabedoria, carregadas de toda virtude e finalmente prenhes de todas as formas de belos e santíssimos costumes, não desejavam outra coisa que não fosse parir e gerar um ser semelhante a eles próprios. E quem diz o contrário ou acredita em outra coisa não os está criticando, mas descobrindo a si próprio. Este é o verdadeiro amor virtuoso, que é tanto mais digno quanto o outro, quanto o corpo é menos perfeito do que a alma; e como é mais louvável gerar uma bela alma do que um belo corpo, esses amantes a que nos referimos merecem elogios ainda maiores. Que os usos de hoje não vos enganem: baste-nos que tanto mais devam ser louvados aqueles que isto fazem, quanto menos se costuma. Mas acabamos entrando num vasto oceano, e vós conheceis muito bem tudo isso. Sendo assim, esclarecei a terceira dúvida.

TULLIA. Não gostaria de passar a tal assunto com tanta pressa. E mesmo reconhecendo que tudo o que dissestes é verdadeiro, gostaria de saber por que não se pode amar uma mulher com o mesmo amor; pois suponho que não seja vossa intenção afirmar que as mulheres não possuem a alma intelectiva dos homens e não pertençam à mesma espécie, como ouvi de alguns.

VARCHI. Alguém era da opinião (mesmo que falsíssima) de que a diferença entre homens e mulheres não é essencial. E eu digo que não apenas se pode amar as mulheres com um amor honesto e virtuoso, mas que se deve; e eu, pessoalmente, conheci quem o fez e continua a fazê-lo.

TULLIA. Vós me tranqüilizais. Mas, respondei-me: por que os socráticos não amam aqueles que não são belos ou que são idosos?

VARCHI. E eu pensei que fosse o único a analisar tudo minuciosamente. Mas quem vos disse isso?

TULLIA. É o que tenho constatado ao longo do dia.

VARCHI. Quem dera Deus que esses amantes de que estamos falando fossem tão freqüentes quanto são raros, e que pudésseis ver ao menos um a cada dez anos, para não dizer a cada dia! É bem verdade o que dizeis: os mais belos, ou os que parecem mais belos, amam-se mais e até uma idade mais avançada que os outros.

TULLIA. E qual o motivo disso? Não me alegueis as mesmas razões que os frades alegam em defesa própria.

VARCHI. E se fossem boas e verdadeiras, por que não quereis que eu as alegue?

TULLIA. Talvez, ao ouvi-las da vossa boca, eu as aceite.

VARCHI. Antes de tudo, deveis saber que ninguém pode compreender ou conhecer algo sem a mediação dos sentidos, e que, dentre os sentimentos, o mais nobre e perfeito é o da visão.

TULLIA. Sei disso e concordo com tudo, mas vós começais de um ponto muito alto e com proposições muito universais.

VARCHI. É como devo proceder convosco, pois vedes pêlo em ovo e quereis saber o porquê e o como de tudo. Já que o belo e o bom são a mesma coisa...

TULLIA. Isso eu não sabia, nem o concedo porque, desse modo, todos os belos seriam bons.

VARCHI. Bem sabeis...

TULLIA. Esperai. Não vos enganeis. Eu mesma conheci muitos que eram muito belos, mas nada bons.

VARCHI. Eu também. Mas nem por isso é falso o que vos disse, dado que isto ocorreu por acidente e não por sua própria natureza; ou é culpa dos pais, ou erro dos professores, ou falta de amigos. E sabei que aquele provérbio é muito corre-

to: "Quem anda com manco, aprende a mancar."
E vos digo ainda que esses tais, quando são maus,
são piores que os outros, ou melhor, são péssimos.

TULLIA. Por favor, dizei-me a razão.

VARCHI. Foi assim que ordenou a natureza:
quanto melhor e mais perfeita for uma coisa,
segundo sua essência verdadeira, tanto mais piora e torna-se imperfeita, caso se deteriore, se corrompa e deixe sua essência verdadeira. É por isso
que, assim como não se pode encontrar animal
mais santo, mais benigno e mais útil que o homem, quando ele é bom, não se encontra outro
mais perverso, maligno e danoso quando é ruim.
E se quiserdes um exemplo mais concreto, sabei
que é do vinho doce que se faz o vinagre forte,
como se diz popularmente.

TULLIA. Gostei; mas prossegui vosso silogismo.

VARCHI. Meu silogismo já está feito. Pois se os
mais belos são amados é porque o homem os julga não apenas como melhores, mas também de
maior engenho; e é assim que deveria ser na verdade, se não fosse pelas razões que vos mencio-

nei. Nem penseis que eu diga algo que não seja aquilo que julgo e asseguro como a própria verdade; pois, se fizesse de outro modo, estariam certos aqueles que dizem que não sou filósofo.

TULLIA. Está certo. Sendo assim, conforme aquela vossa regra dos contrários, todos os feios serão malvados.

VARCHI. Não, senhora.

TULLIA. Como não? "Belo" e "feio" não são contrários?

VARCHI. São e não são.

TULLIA. Esta contradição me parece expressa; mas não quero ir mais longe, pois não sei lógica. Explicai como é possível safar-se disso.

VARCHI. É muito fácil. Os contrários são de várias maneiras, e aquela regra não se aplica aos contrários positivos, mas aos privativos.

TULLIA. Não vos compreendo.

VARCHI. Chamam-se "contrários positivos" aqueles que designam duas naturezas contrárias, como o branco e o preto, o doce e o acre, o duro e o mole e outros semelhantes. Nestes, a regra não é válida, pois nem tudo o que não é branco é preto, nem tudo o que não é doce é acre, e assim por diante. "Contrários privativos" são aqueles que não designam duas naturezas diversas, mas um que designa uma determinada natureza e outro a privação desta natureza, como se disséssemos: "vivo e morto", "vidente e cego", "dia e noite" e outros semelhantes. Para estes vale sempre aquela regra, pois quem não está vivo está necessariamente morto, bem como quem não vê é forçosamente cego e, quando não é dia, é preciso que seja noite[57].

TULLIA. Compreendo. Mas qual é a razão dessa diversidade?

VARCHI. É que os contrários privativos não possuem nenhum meio, mas os positivos sim; pois aquilo que não é preto pode ser azul ou de outra cor, assim como aquilo que não é doce pode ser acre ou de outro sabor.

---

57. Varchi inspira-se nas *Categorias* de Aristóteles, 11 b - 14 a, e nos comentários que elas suscitaram.

TULLIA. Compreendo. Mas "belo e feio" me parecem ser daqueles que não possuem meio.

VARCHI. Parecem, mas não o são, pois existem muitas coisas que não são nem belas nem feias.

TULLIA. Eu também posso encontrar para vós coisas que não são nem vivas nem mortas, nem cegas nem videntes.

VARCHI. Quais?

TULLIA. Não sei. Estas paredes, estas cadeiras.

VARCHI. Respondestes sutilmente, mas não corretamente, pois não se pode chamar de "morta" uma coisa que nunca foi e não pode ser viva, nem de "cego" aquilo que não foi feito para enxergar. E como quereis tirar de uma coisa aquilo que ela não apenas não possui, mas que nunca teve nem pode ter? E se os poetas chamam de "surdos" os rios, as selvas e coisas dessa natureza, que não são dotadas do sentido auditivo, fazem-no porque são poetas e assim devem fazer. Mas nós estamos falando filosoficamente e afirmamos que é possível encontrar homens e também mulheres que não são nem belos nem feios e que, no entanto, por natureza estão sujeitos a receber tanto um quanto o outro. Por isso, não vale aquela minha regra alegada por vós; e assim compreendestes por que os homens bons e cultos amam mais os belos do que os feios. Nem penseis que eu queira negar que a beleza – sendo uma graça que seduz, atrai e arrebata quem a conhece – exerça também uma influência sobre eles. Ao contrário, essa influência é enorme. E sabei que quanto mais alguém é perfeito, mais conhece a beleza, e que quanto mais a conhece, mais ardentemente a deseja; ou melhor, todas as coisas do universo, sejam quais forem, em que encontramos mais nobreza e mais perfeição são aquelas em que, necessariamente, encontramos também o amor ainda mais perfeito e maior. E, por isso, como Deus é suprema bondade e suprema sabedoria, assim é também igualmente sumo amor e suma toda coisa.

TULLIA. Concordo com tudo e estou satisfeita porque até os platônicos amam os mais belos, julgando-os os melhores e os mais engenhosos, além de serem atraídos por sua beleza; do mesmo modo como se vê que os pais e as mães preferem geralmente os filhos mais belos, embora muitas vezes estes sejam os mais malvados. Sendo assim, não se pode criticar os platônicos a esse respeito. Resta-me saber por que os amam apenas quando jovens, pois, para quem não soubesse mais poderia parecer suspeito, e talvez não sem razão.

VARCHI. Eu diria com muita razão. E se isso fosse verdade, eu reconheceria muito bem. Porém, vós vos enganais, e a razão de vosso engano é que aquela benevolência e afeição chamada "amor" entre os jovens torna-se, com o tempo, amizade; e, tendo mudado de nome, não parece mais a mesma, mas é justamente quando se mostra verdadeira e perfeita. E eu sei o que digo, pois, se não sentis prazer ao contemplar as coisas belas, certamente o sentis ao contemplar as boas, e este prazer não é menor. Sem contar que todo artista, quanto mais é excelente, mais se alegra com as obras que produz. E se os pais naturais já sentem tanto contentamento com seus filhos bons e virtuosos, quanto não devem sentir os pais espirituais! E assim como não existe nada mais útil do que o saber, nada é mais agradável do que ensinar a quem se dedica por prazer e não subornado.

TULLIA. Hoje estou ouvindo coisas que jamais ouvi. Não me negareis que muitos daqueles que amam os jovens nesse modo em que descreveis deixam de amá-los e chegam até a odiá-los quando passa a flor da idade e da beleza.

VARCHI. Se não vos negasse tal coisa, poderia vos conceder tudo de uma vez, pois é neste ponto que consiste o todo. Que outro sinal maior do que esse desejaríeis, não apenas para reconhecer, mas também para provar que o amor dessas pessoas é lascivo e feito como o dos outros?

TULLIA. Então, como fareis?

VARCHI. Negando. Tendes alguma dúvida?

TULLIA. Negareis a verdade, pois a experiência mostra o contrário.

VARCHI. Estais enganada, asseguro.

TULLIA. Palavras! Terei chegado ao vosso coração onde menos esperava.

VARCHI. Digo-vos que não é verdade; e surpreendo-me ao ver que não reconheceis por vós mesma que aquilo que não pode ser não foi jamais.

TULLIA. Disso eu sei, posto que o poeta disse:

Como ser pode o que ser não podia[58]?

Mas é preciso que respondais à experiência.

VARCHI. Grande coisa! Estes aos quais vos referis podiam muito bem fingir que amavam virtuosamente, mas não amavam realmente; e, embora fossem filósofos, não amavam como filósofos. Quando vos digo que esse amor é muito mais perfeito e, por conseguinte, muito mais raro do que talvez imaginais, podeis acreditar em mim.

58. *Com'esser p(u)ò quel ch'esser non pote(v)a*: antepenúltimo verso de um soneto de Bembo ("Correte, fiumi, a le vostre alte fonti": ed. cit., p. 544), em que a saudade de um amor perdido se exprime por meio de uma série de "impossibilidades" retóricas.

TULLIA. Acredito até em demasia, mais do que dizeis e talvez até mais do que vós. Não nego que possa ser assim, em parte por respeito a vossa autoridade, pois sei que não o diríeis se ao menos não fosse de vossa convicção – para não dizer "se não fosse assim" –, em parte porque não vejo nenhuma razão que o impeça.

VARCHI. Há muitas razões que vos persuadiriam se nosso século não fosse tão corrupto. Gostaria que observásseis que, assim como não se pode engravidar e gerar em qualquer idade, não se pode aprender em qualquer idade; e, freqüentemente, seja porque não se encontram em naturezas que se harmonizam, seja porque os homens – e sobretudo os jovens – mudam seus desejos e fantasias, ou ainda por outros tantos e diversos incidentes que sobrevêm na vida humana, tais amores são abandonados, e tais amizades, interrompidas. Isso ocorre principalmente por avareza, que hoje reina e mantém seu principado quase no mundo inteiro, e por ambição, como se vê em Alcebíades. Mas acabamos entrando numa matéria muito extensa, e vós deveis ainda resolver a terceira dúvida e me expor vosso raciocínio.

TULLIA. A novidade e a afabilidade de vosso discurso me fez perdê-los de vista e já não sei se me lembro bem deles. Mas creio que se tratava do seguinte: que não é verdade que todos aqueles que amam com amor vulgar, ao conseguir seu objetivo, deixam de amar, pois muitos se inflamam ainda mais.

VARCHI. É exatamente isso.

TULLIA. Não há nenhuma dúvida de que tudo o que se move em direção a um objetivo cessa e deixa de se mover ao alcançá-lo, pois, faltando a razão que o movia, que era seu fim, falta necessariamente o efeito, que era o mover-se. Sendo assim, todos aqueles que amam com amor vulgar e não desejam outra coisa que não seja unir-se corporalmente ao objeto amado, ao obterem essa união, cessam o movimento e deixam de amar. Não é verdade?

VARCHI. Sim, absolutamente. Mas vos pergunto: por que alguns, além de deixarem o amor, transformam-no em ódio? E por que outros não o abandonam e ainda o engrandecem?

TULLIA. Concordais comigo que, tão logo tal ato e tal união carnal são alcançados, o movimento se interrompe e o amor deixa de existir?

VARCHI. Por que não quereis que eu concorde convosco naquilo que é verdadeiro e que não se pode negar nessa espécie de amor? Este, em se tratando de desejo ou apetite carnal, deixa necessariamente de ser amor, tão logo a cópula e a união do corpo suprimam tal apetite. Mas por que às vezes ele se transforma em ódio e, outras vezes, cresce?

TULLIA. Para responder primeiro a esta última questão, vós vos contradizeis: pois me concedeis que o amor deve necessariamente deixar de existir em todos, assim que o prazer carnal é obtido; em seguida, vós me perguntais por que às vezes ele não apenas deixa de existir, mas também cresce.

VARCHI. Não sei qual de nós está tentando derrotar o outro. Vós considerais claro o ponto em questão. Concordo convosco que o amor deixa de existir em todos porque é assim; depois, se vos pergunto por que às vezes ele cresce, é para que esclareçais minha dúvida, uma vez que a experiência mostra que muitos, ao satisfazerem seu desejo, engrandecem o amor e amam com mais fervor do que antes.

TULLIA. Compreendi-vos e pensei que vós também me tivésseis compreendido. Digo que, satisfeito o desejo carnal, todos perdem a vontade e o apetite que os atormentava e consumia tanto, seja por aquela proposição universal e muito verdadeira, repetida tantas vezes, segundo a qual tudo o que se move possui uma finalidade e, atingida tal finalidade, deixa de se mover; e isso porque a sensação do tato e a do gosto, principais responsáveis pelo prazer desses amantes, são materiais e não espirituais, como a visão e a audição e, conseqüentemente, são logo saciadas, às vezes até com fastio, de modo que não apenas interrompem o amor, mas também o transformam em ódio, além das razões enunciadas há pouco. E assim está resolvida a primeira dúvida. Quanto à segunda: assim que satisfazem seu desejo, todos cessam necessariamente seu movimento, mas não abandonam o amor e muitas vezes chegam a aumentá-lo, pois, além de não se contentarem jamais por completo e continuarem com aquele desejo de desfrutar sozinhos a união com o objeto amado (de modo que tal amor não pode existir sem ciúme), muito freqüentemente, de forma desmedida, desejam unir-se e sentir aquele prazer mais uma vez, e mais outra, e assim por diante. Não pretendo negar que nesse amor haja generosidade, ou seja, que nele haja vários graus segundo a natureza tanto das pessoas que amam quanto das que são amadas, uma podendo ser não apenas mais amorosa do que a outra, mas também mais prudente ou de melhor natureza. De modo que, às vezes, esse amor vulgar e lascivo pode suscitar em alguns o amor honesto e virtuoso, assim como o amor honesto e virtuoso poderia algumas vezes se converter em lascivo e vulgar, tanto por causa do amante, quanto por culpa do amado; do mesmo modo como as plantas, segundo sua própria natureza e os terrenos onde são postas e transplantadas, podem se transformar de selvagens em domésticas e de domésticas em selvagens. Isso é o que tenho a dizer a respeito de vossas dúvidas e que me parecerá verdadeiro após vossa aprovação.

VARCHI. Quanto a mim, estou muito satisfeito e, sendo já tarde, não me resta outra coisa a fazer senão agradecer-vos e pedir-vos para cumprir a promessa que me fizestes tantas vezes. Se eu não conhecesse a gentileza e a cortesia destes senhores, temeria muito que me julgassem presunçoso, além de ignorante. Mas que eles me perdoem, pois não pude deixar de obedecer a vossos pedidos, e perdoai a vós mesma por vossas culpas.

TULLIA. A vós toca, conforme combinado, senhor doutor, agradecer a Varchi e atender a seu pedido, pois ele realmente merece.

BENUCCI. Não me ausentarei; mas sinto não ter tempo para poder fazer nem uma coisa nem outra, de tão rápido que estas horas me pareceram transcorrer, ou melhor, voar. Dirigindo-me agora a vós, senhor Varchi, digo que todos juntos e cada um de nós temos mais reconhecimento por vossa natureza do que poderíeis imaginar. Além do debate sobre a infinidade do amor, que de comum acordo reservamos a vós, sabendo que devíeis vir, e que me deu enorme satisfação, como certamente também a estes senhores – em meu nome e em nome deles, agradeço-vos infinitamente –, tínhamos entrado em outros dois debates, nos quais ninguém queria ceder e cada um acreditava ter toda a razão ao seu lado, alegando a seu favor tantos argumentos quanto autoridades. Não conseguindo entrar em acordo, decidimos nos dirigir livremente a vós e aceitar vossa opinião, sem poder apelar contra vossa sentença e vosso julgamento. Porém, com a seguinte condição: que no debate sobre a infinidade do amor ninguém interviesse nem a favor nem contra, apenas a senhora Tullia; nos outros dois, esse papel coube a mim. Mas, como já é tarde e estou certo de que vós deveis estar cansado, se não enfadado, propor-vos-ei apenas as questões, sem invocar qualquer argumento ou mostrar quem defendeu uma parte e quem defendeu outra; quanto a vós, conforme vossa habitual cortesia e para agradar a senhora e nós todos, querei, por favor, dizer-nos apenas o que considerais verdadeiro ou falso; e, se ninguém se sentir prejudicado, poderá discutir a questão à vontade num outro dia. As questões são as seguintes, eis a primeira: entre nós, alguns diziam que todos os amores obedecem à razão e aos próprios interesses, ou seja, que quem ama é movido principalmente pelo interesse e em benefício próprio; outros diziam que não, mas que existem aqueles que amam mais em razão de outrém do que de si mesmos. Quanto à segunda questão, discutíamos qual o amor mais forte: aquele que provinha do destino ou aquele que provinha de nossa própria eleição.

VARCHI. Não sei o que devo fazer primeiro: agradecer-vos pela enorme honra que me dedicastes ou desculpar-me por não estar à altura de tal tarefa, pois, meu caro senhor Lattanzio, ao vir hoje para cá, estava longe de suspeitar que teria de resolver dúvidas, principalmente desta maneira. Prometo-vos que em outro dia esforçar-me-ei para contentá-lo, se não for por vossas ordens, será por minha dívida.

BENUCCI. Tudo o que queremos de vós é que nos digais aquilo em que acreditais, sem outros argumentos ou autoridades. Fazei-nos este favor em vossa cidade, que nós em Siena e em outros lugares vos faremos favores bem maiores do que este se pudermos!

VARCHI. O que me pedis não é nada, comparado ao que gostaria de fazer para vos servir e contentar. Quanto à primeira questão: de minha parte, julgo que ambas as posições estão corretas.

BENUCCI. Cuidado, senhor Benedetto, para não fazer como aquela potestade de Pádua...

VARCHI. Afirmo que quem diz que todos os amores possuem princípio, meio e fim em seu próprio interesse está correto e diz a verdade, pois todos começam e terminam em si mesmos, de modo que, no início, todos os seres amam principalmente a si mesmos e, depois, por amor a si mesmos, fazem e dizem tudo aquilo que dizem e fazem. Para mim, não há dúvidas quanto a isso.

BENUCCI. Sendo assim, estava errado quem dizia saber de amantes que não existiam em razão de si mesmos, ou seja, daquele que ama, mas do amado.

VARCHI. Não digo isso. Pois, se estamos falando dos amores humanos, sublunares, é bem verdade que cada um ama tudo o que ama principalmente pelo amor que tem por si mesmo, uma vez que todos desejam apenas o que não possuem e gostariam de ter. Porém, no mundo supralunar, o amor das inteligências, e sobretudo o do primeiro Motor*, é exatamente o inverso do nosso: pois Deus ama não para adquirir alguma coisa, visto que já possui tudo de maneira perfeita, inimaginável e que não somos capazes de compreen-

---

* Na filosofia aristotélica, Deus, enquanto ato puro e causa principal de todos os movimentos. (N. da T.)

der[59], mas ama simplesmente e faz o céu girar em razão de sua infinita bondade e perfeição, que deseja conferir a todas as outras coisas, porém conforme a natureza de cada uma; por isso, algumas recebem mais, e outras, menos. Do mesmo modo, o sol ilumina igualmente todas as coisas, mas nem todas o recebem igualmente.

BENUCCI. Assim também pensava eu. Mas o que diria Vossa Senhoria daqueles que, além de se exporem a mil danos e perigos manifestos, ainda escolhem, espontaneamente, morrer pela coisa amada?

VARCHI. O mesmo que Vossa Senhoria responderia, ou seja, que o escolhem não como bem maior, mas por mal menor.

BENUCCI. Isto é verdade: parece até que amam mais o outro que a si mesmos.

---

59. Se o amor é desejo, Deus sente o amor? Em que sentido Platão pareceu excluir o eros da divindade? E se Deus ama as criaturas, seu amor é por natureza diferente do amor humano? Tais eram as questões discutidas por Filone e Sofia no terceiro diálogo de Leão, o Hebreu (ed. cit., pp. 212-26).

VARCHI. Isso não pode ser; mas fazem essa escolha porque julgam que este, se não é o melhor, é ao menos o seu menor dano.

BENUCCI. E que dano pode ser maior do que a morte?

VARCHI. A vida que viveriam. Por acaso não sabeis que, no amor perfeito de que estamos tratando agora, o amante e o amado são uma única coisa, tendo um se transformado no outro e ficando ambos unidos?

BENUCCI. Justamente por isso não vejo por que um deve se expor mais ao perigo do que o outro.

VARCHI. Bem sei que sabeis que, neste composto, o amado é o mais nobre e, por isso, o amante, como menos nobre, deve expor-se a todos os riscos em benefício do amado. Do mesmo modo, achamos natural que o braço, para proteger a cabeça, que é mais nobre, coloque-se à sua frente e escolha ser ferido ele para salvar a cabeça.

BENUCCI. A mim parece que, no amor perfeito, quando é recíproco, cada um é amante e amado alternadamente; e assim, em vez de um se expor mais do que o outro, ambos deveriam correr igualmente os mesmos riscos.

VARCHI. Isso é verdade e ocorre muitas vezes; todavia, existe sempre o primeiro amante, ou seja, aquele que começou a amar, e o primeiro amado, ou seja, aquele que começou a ser amado, embora, depois da união, cada um se torne amante e amado ao mesmo tempo. E os deuses, conforme conta Platão, gratificam mais os amados, que se deixam morrer pelos amantes, do que os amantes quando morrem pelos amados[60].

BENUCCI. Desse modo, parece que os amantes são mais nobres e mais dignos do que os amados.

VARCHI. Já dissemos que assim reconhece Platão; mas Filone, com muita razão, ao que me parece, defende a opinião contrária[61]. E os deuses,

---

60. Vide o discurso de Fedra em *O banquete*, 179 d: repletos de admiração por Alceste, que aceitara morrer no lugar do marido, os deuses fizeram com que sua alma se evolasse dos Infernos; em contrapartida, puniram Orfeu.

61. No terceiro diálogo de Leão, o Hebreu (ed. cit., pp. 231-3).

como ele próprio declara, gratificam mais o amado que o amante porque é normal para o amante agir e padecer pelo amado, como se seu dever assim o reclamasse e exigisse; mas quando é o amado que age pelo amante, fazendo-o por cortesia própria e bondade de natureza, merece dos homens maior elogio e, dos deuses, maior prêmio. Não que o amado não tenha de corresponder no amor. Mas agora não é hora de discutirmos isso.

BENUCCI. Agrada-me o fato de terdes mencionado os mesmos argumentos que eu alegara; mas do exemplo do braço, que não se importa de expor-se ao perigo para salvar a cabeça, nasce-me uma dúvida a respeito do que dissestes antes: que cada coisa ama principalmente a si mesma e não faz nada que não seja em utilidade, prazer e benefício próprios.

VARCHI. Na verdade, este exemplo vos mostra claramente o que disse. Pois, embora os agentes naturais ajam naturalmente, ou seja, sem saber e sem conhecer o que fazem (como o fogo, que sempre arde quando possui combustível, e a água que molha, mas nem por isso ambos têm consciência do ato de arder e do de molhar), suas operações são orientadas e reguladas por Deus, do mesmo modo como as flechas chegam ao alvo guiadas pelo balestreiro, e por isso não erram nunca e atingem seu objetivo. De maneira que, se o braço se coloca entre o golpe e a cabeça, não é por outra razão senão a de salvar o corpo inteiro, pois bem sabe que a perda do corpo significaria, necessariamente, a perda dele mesmo. E por essa mesma razão, a água, contra sua própria natureza, sobe, e o fogo desce; não porque não ocorra o vácuo simplesmente, mas porque, ocorrendo o vácuo, a ordem do universo seria corrompida e, por conseguinte, o mundo se perderia e, com a perda do mundo, não haveria mais nem água, nem fogo. Sendo assim, parece totalmente verdadeiro o fato de que tudo o que as coisas fazem serve para a conservação e manutenção de si próprias.

BENUCCI. Quanto à primeira questão, não preciso ouvir mais nada. Quanto à segunda, o que dizeis?

VARCHI. Confessar-vos-ei a verdade: não a compreendo bem e, além disso, vejo que seria necessário entrar na fatalidade e na predestinação, que são coisas tão longas e difíceis quanto perigosas. Sendo assim, parecer-me-ia sensato se adiássemos esta questão para um dia em que o tão gentil quanto excelentíssimo senhor Porzio[62] esteja presente, ao qual certamente será fácil contentar-vos quanto a esta e outras questões, dada a profundidade e a variedade das ciências que conhece. E se estivesse aqui hoje, como às vezes ocorre de vir ao nosso encontro, ter-me-ia liberado da fadiga do discurso e, sem esforço, teria dado alguma solução a todas as vossas dúvidas. Além disso, já é hora de nos despedirmos da senhora para não tomar mais do seu tempo do que o necessário, e também porque não me sinto clara-

---

62. Simone Porzio (1496-1554), discípulo de Pomponazzi e comentarista de Aristóteles (*De humana mente disputatio*, 1551; *De rerum naturalium principiis*, 1553). Ensinou em Pisa entre 1547 e 1554.

mente convencido de não ter perturbado vossas conversas, que não me pareciam tão sérias e enfadonhas, a julgar por vossas expressões alegres e risonhas.

BENUCCI. As coisas passaram-se exatamente como vos disse. É bem verdade que tínhamos entrado num debate com a senhora, querendo mostrar-lhe aquilo que ela conhece melhor do que ninguém, ou seja, que ela pode ser considerada felicíssima entre todas as outras, pois, em nossa época, pouquíssimos foram ou são aqueles que, excelentes nas armas, ou nas letras, ou em qualquer outra profissão de prestígio, não a tenham amado e honrado. E eu lhe falava de todos os nobres, os literatos de todos os gêneros, os senhores, príncipes e cardeais que sempre se dirigiram e ainda se dirigem à sua casa como a uma academia universal e honrada, e que a honraram e celebraram, como ainda o fazem; e isso devido aos dotes raríssimos, ou melhor, singulares, do seu espírito tão nobre e cortês. Já lhe havia mencionado uma infinidade de admiradores e estava mencionando outros, quase contra sua vontade, pois ela elevava a voz e tentava interromper-me. E justamente quando ouvimos baterem à porta e vós entrastes, ela dizia querer ir a Siena, onde é mais admirada e adorada do que estimada e amada, sobretudo por todos aqueles que são mais nobres e mais virtuosos.

TULLIA. Senhor Lattanzio, se vós não vos moderais, infringirei as leis e, com isso, aborrecer-me-ei convosco.

VARCHI. Até agora ele não disse nada que eu já não soubesse, e talvez eu saiba até um pouco mais, pois não pretendeis que os proclamas sejam secretos para mim, nem pensais que eu não sei o que toda a Itália sabe, ou melhor, o mundo inteiro. Deixai-o terminar.

BENUCCI. Não tenho mais nada a dizer.

VARCHI. Vamos, dizei, pois desejo saber mais desses sieneses que a amam mais.

BENUCCI. Eu teria de falar-vos de toda a nobreza de Siena, se quisésseis conhecer todos aqueles que a amam e a observam.

VARCHI. Falai-me ao menos daqueles que são amados por ela.

BENUCCI. Isso eu não sei, mas pensava que fossem mais do que são.

VARCHI. E disso o que sabeis? A mim parece que ela recebe de bom grado e acolhe cordialmente a todos.

BENUCCI. Este era justamente o meu engano: bem sei que suas gentilezas e cortesias são infinitas e podem ser percebidas por muitos indícios, que não quero mencionar em sua presença; mas eu me referia àqueles homens a quem ela endereçava uma afeição extraordinária.

VARCHI. Dai nome aos bois: o que quereis dizer?

BENUCCI. Quero dizer que muitos talvez acreditem que ela esteja apaixonada por eles, e eu acredito que se enganam.

VARCHI. E por que dizeis tal coisa? Eu, pessoalmente, considerá-la-ia ainda mais se ela amasse alguém.

BENUCCI. Eu também. Mas digo isso porque, certa vez, ao mencionar o senhor Bernardo Tasso entre tantos que a amaram e a celebraram em prosas e versos, ela negou que o amara quando o chamei de felizardo por ter sido tão amado por ela[63]. E, quando lhe aleguei a autoridade e o testemunho do senhor Sperone em seu belíssimo e muito douto *Dialogo di amore*, ela me respondeu que amou e ama Tasso por suas virtudes e por ter sido amada por ele mais do que extraordinariamente; mas que nunca sentira ciúme dele[64].

63. Bernardo Tasso (1493-1569), pai de Torquato, ficou conhecido como um dos mais elegantes nobres letrados de seu tempo; poeta, escreveu odes ao estilo de Horácio e sobretudo um poema heróico (*Amadigi*, Veneza, 1560), que viria a impressionar fortemente seu filho. No *Dialogo di amore*, Sperone Speroni o apresenta já nas primeiras réplicas como estreitamente ligado a Tullia.

64. No início do diálogo, Speroni faz Tullia dizer: "Gostaria de vê-lo com ciúme, pois o ciúme é sempre sinal de amor. [...] Quanto a mim, jamais amo sem morrer de ciúme; e jamais fui ciumenta sem amar e arder."

VARCHI. De fato, o senhor Bernardo, pelo que conheci dele, é uma pessoa cortês e virtuosa, que merece todas as honras. Já acho muito bom que um homem, quando ama uma criatura tão rara, não seja desprezado por ela: imaginem, então, quando ainda é bem visto e lisonjeado! Mas o que pretendia fazer o senhor Sperone, que é um nobre tão cortês e amável quanto douto e judicioso?

BENUCCI. Imaginava-se assim, tão grande era sua afeição pela senhora! E quem melhor do que vós para saber o que o ciúme pode fazer?

VARCHI. Reputais-me tão ciumento assim?

BENUCCI. Digo isso porque já em Pádua tomastes o ciúme como argumento para uma lição. Mas eis que chega Penélope[65]: será melhor adiar para outra ocasião o fim de nossa conversa, quando estes outros senhores dirão sua parte.

VARCHI. Que assim seja.

TULLIA. Sim, mas que se fale de outras coisas e não dos meus assuntos pessoais, se quiséreis que

---

65. Esta Penélope é a irmã de Tullia.

eu possa primeiro ouvi-los e, em seguida, agradecer-vos como gostaria e como seria minha obrigação. Que a tão vasta doutrina e cortesia de vós todos supra todas aquelas coisas em que meu pouco saber e juízo venham a faltar.

Apêndice

I
*À muito excelente
senhora Tullia d'Aragona
Muzio Iustinopolitano*

Valorosa senhora, do mesmo modo como são duas as partes que compõem a criatura humana, das quais uma é terrestre e mortal e a outra, celeste e eterna, como vós bem sabeis, também são duas as formas das belezas; e estas, seguindo a natureza de suas partes, consistem numa frágil e efêmera e noutra vivaz e imortal. Ora, estes dois esplendores dos nossos corpos e das nossas almas, ao se apresentarem às outras almas por meio dos sentidos, acendem nelas e nos sentimentos aquele desejo chamado "amor"; e deste resultam também duas formas, não de modo diverso daquelas da beleza, pois, seja por amor à beleza corporal, seja pela luz que nos ilumina interiormente, cada um de nós é atraído pelo objeto que mais nos parece desejável. E, assim como dissemos que as belezas seguem a natureza daquelas partes que ornamentam, conseqüentemente tais são os efeitos de um e de outro amor: porque, quando a flor de nosso despojo terreno começa a esvaecer com o tempo, pode-se dizer que com ela esvaesse o desejo daquele que ama. Por outro lado, se a luz de nossas almas crescer a cada dia, será justo que dela se inflame cada vez mais com o passar dos dias quem se sentir aceso uma vez. Se nem todos compreendem tais coisas, não faltam aqueles que se surpreendem quando lhes mostro que ainda vos amo tanto quanto vos amei há vários anos, pois, para eles, parece que, nessa idade, aos desejos amorosos deva-se impor um fim. Talvez por isso tenham me condenado e desprestigiado. Pois faço questão de dizer-lhes livremente que não apenas vos amo tanto quanto vos amei no passado, mas também que vos amo ainda mais, por ter crescido em vós aquela beleza que inicialmente induziu-me a amar-vos, e pelo fato de eu não ter perdido o conhecimento dela. E se porventura eles não a reconhecem é porque não vos vêem com os mesmos olhos com que vos vejo, pois, se se dirigissem a vós com olhar semelhante ao meu, fixar-se-iam em vossa beleza, acender-se-iam de amor por vós e elogiariam o meu. Grande demonstração do engrandecimento de vossa beleza deu-me o diálogo escrito por vós, *Sobre a infinidade do amor*, o qual não cansarei de ornar com elogios convenientes ao vos escrever; porém, não me parece possível haver elogio maior do que o fato de tê-lo considerado digno de não permanecer por mais tempo imerso nas trevas. Por cortesia em relação a mim, vós me incluístes em vosso diálogo como se quisésseis comunicar-me algo sem torná-lo público; e eu (meu amor por vós faz com que eu me dedique tanto à vossa quanto à minha honra) não pude conter meu desejo de trazê-lo à luz. Talvez o que me levou a isso tenha sido um desejo particular da minha própria honra, pois, estando claro que amo a beleza apta a produzir tão gloriosas partes, estou certo de que serei bastante elogiado e honrado pelo juízo dos espíritos mais gentis. Grande é a segurança que oferece Amor a quem realmente ama. Não apenas tomei coragem de publicar esta vossa obra sem vosso conhecimento, mas fui mais além. Vós introduzis uma conversa entre vós mesma, Varchi e o doutor Benucci; e como nessa conversa fala-se muito de vossa virtude e de vossos méritos, não vos parecia conveniente nomearvos pelo próprio nome e, por modéstia, adotastes o nome de "Sabina". Não me pareceu justo, porém, colocar num diálogo um nome falso entre dois verdadeiros e, julgando que deveriam ser ou todos falsos ou todos verdadeiros, percebi que se deixasse o vosso transformado de tal modo e mudasse o dos outros, teria ofendido aqueles tão nobres espíritos, aos quais vós quisestes dar vida em vossas cartas. Por isso, deixando aqueles na forma em que se encontravam, decidi recolocar

"Tullia" no lugar de "Sabina". Como fizestes questão de citar a honrosa menção do tão douto e eloqüente Varchi a mim e a vossas virtudes, se não fosse por outra razão, certamente teria recolocado vosso nome pelo fato de jamais ter conhecido alguma Sabina: sei, porém, que existiu e ainda existe a senhora Tullia. E tenho certeza de que o ilustre senhor Sperone diria o mesmo, se soubesse que vós o nomeais. De qualquer forma, tomei a liberdade de mudar apenas meu nome naquele diálogo; não estendi minha censura a mais ninguém. E o Amor me assegura que não levareis a mal essa minha ousadia e aquela de ter publicado vossa obra, uma vez que o Amor foi minha única razão. Embora sem vosso consentimento, vós deveríeis estar contentíssima com essa publicação. Por isso, se tal obra não fosse digna de verdadeiro louvor, as críticas caberiam a mim, que a publiquei, e não a vós, que a queríeis manter oculta. Mas estou certo de que, com vossa eterna fama, o mundo a mim, por vosso trabalho, guardará perpétua obrigação.

II

Ao ilustríssimo senhor
COSME DE MEDICI
duque de Florença
a muito fiel a seu senhor
TULLIA D'ARAGONA

Hesitei por muito tempo, tão nobre e cortês senhor, em endereçar a Vossa ilustríssima Excelência um discurso feito há vários meses em meus aposentos sobre a infinidade e outras questões relativas ao Amor, não menos belas do que difíceis, se o juízo não me engana. De um lado, assustava-me tanto a superioridade do seu estado quanto a inferioridade da minha condição, temendo ainda interromper uma das tantas e importantíssimas empresas que a sobrestão todos os dias, seja na busca pela paz e serenidade do seu tão afortunado império, seja administrando razão e justiça aos seus tão abençoados povos. De outro, o que me assegurava e quase estimulava não era tanto o fato de eu saber aproveitar ao máximo de todos os modos de composição – e principalmente dentre aqueles que, escritos em sua língua, tão defendida e enaltecida pelo senhor, tratam de coisas úteis ou deleitáveis –, mas um desejo, que em mim é muito ardente, de mostrar a Vossa Excelência ao menos um pequeno sinal da afeição e serviço que sempre tive pela sua tão ilustre e venturosa casa, bem como das obrigações que tenho com ela em particular, pelos benefícios que dela recebi. Sendo assim, tendo-me sido finalmente revelado que Vossa Excelência, por sua infinita bondade e cortesia, considerará mais a grandeza do espírito nesses meus esforços tão inferiores e rudes do que a pequenez do dono, prefiro correr o risco de ser julgada muito presunçosa por todos os outros a ser pouco apreciada pelo senhor apenas. Ao qual, beijando com muita humildade suas tão ilustres mãos, peço a Deus que o conserve são e feliz.

Índice

Apresentação à edição brasileira V

A sedutora e o filósofo XXVII

Diálogo da senhora Tullia d'Aragona
Sobre a infinidade do amor 1

Apêndice 143

IMPRESSÃO E ACABAMENTO:
YANGRAF FONE/FAX: 218.1788